TUHKIMON KENGÄT

ja muita kertomuksia

Tuhkimon kengät

ja muita kertomuksia

Aurora Silanto

© 2022 Aurora Silanto
Kustantaja: BoD – Books on Demand, Helsinki, Suomi
Valmistaja: BoD – Books on Demand, Norderstedt, Saksa
ISBN: 978-952-80-6816-7

SISÄLTÖ

Yksin kotona

Minulle tapahtui kummallinen asia, kun olin ihan pieni, puolivuotias tai ehkä allekin. Vanhempani lähtivät viikoksi kahdestaan lemmenlomalle jonnekin etelään ja minun piti jäädä isoäidin hoitoon. En tietenkään itse muista tapahtumista mitään, mutta vanhempani ovat kyllä kertoneet asiasta niin monta kertaa, että minusta tuntuu, kuin olisin nähnyt tapahtumat elokuvissa tai lukenut jostain kirjasta.

Siis äiti ja isä olivat tavanneet jossain tanssipaikalla, rakastuneet saman tien ja hups, he olivat naimisissa, asuivat vuokrakaksiossa ja perheenlisäystä tulossa. Olin kuulemma vauvana huonouninen ja vanhemmat olivat kaikin puolin loman tarpeessa. Loma oli heidän ensimmäinen etelänmatkansa ja muutenkin ensimmäinen loma pitkään aikaan. He olivat pakanneet viikkokausia ja pohtineet, mitä ottaa mukaan ja mitä ei. Tarvitaanko villatakkia? Pitäisikö olla enemmän kuin yksi uimapuku? Matka oli heille suuri tapaus.

Isoäiti, äitini äiti, oli luvannut hoitaa minua matkan ajan. Hänestä oli kuitenkin liian hankalaa siirtää pinnasängyt, lastenvaunut, syöttötuolit ja muut vauvan kapistukset omaan kämppäänsä, joten hän oli tulossa asumaan meille siksi aikaa, kun vanhemmat olivat poissa. Hänen oli ollut tarkoitus tulla jo edellisenä iltana, mutta sitten jollain hänen ystävällään oli syntymäpäiväkutsut tai jotain jossa meni myöhään, joten hän ilmoittikin tulevansa vasta aamulla. Vanhemmat olivat tosi hermona, koska heillä oli ollut tarkoitus lähteä todella hyvissä ajoin, etteivät vain myöhästyisi koneesta. He odottivat kutakuinkin takki päällä eteisessä matkalaukkuineen, että mummo tulisi. Kun mummo sitten soitti, että hän oli juuri lähdössä kotoa, isän tilaama taksi oli odottanut jo jonkin aikaa alaovella ja matkalaukut oli kannettu autoon. Kuljettaja kertoi, että keskustassa sattunut kolari hidasti liikennettä ja vanhemmat päättelivät, että taksimatka lentokentälle voisi kestää arvioitua kauemmin. Minut nostettiin keittiön pöydän ääreen syöttötuoliin ja annettiin eteen leluja. Mummo tulisi volkkarillaan, kunhan selviäisi ruuhkasta, ei se kovin kauaa voisi kuitenkaan kestää ja hänellä oli avain. Vanhemmat kiipesivät taksiin ja huristivat lentokentälle.

Nykyään soiteltaisiin kännykällä puolin ja toisin, mutta vanhemmillani ei silloin vielä ollut kännykkää. Ulkomailta soittaminen oli kallista, eikä mitään erikoista syytäkään pitänyt olla soittamiseen. Postikortteja toki kirjoitettiin tuttaville: Täällä on lämmintä, hiekkaranta on ihana, olisitpa sinäkin täällä. Kun vanhempani palasivat kotiin, minä istuin syöttötuolissa keittiön pöydän ääressä, leluja edessäni. Olin kuiva, hyväntuulinen ja selvästi hyvin hoidettu. Mummoa ei kuitenkaan näkynyt missään koko iltana eikä seuraavana aamunakaan. Äiti yritti soittaa mummon kotiin, mutta sieltä ei vastattu. Seuraavana päivänä äiti soitti sairaalaan (hän epäröi sairaalan ja poliisin välillä, mutta päätti aloittaa sairaalasta). Sieltä hän sai kuulla, että mummo oli ollut osallisena kolarissa vanhempieni lähtöpäivänä, häneltä oli murtunut luita ja hän oli saanut jotain muitakin vammoja. Hän oli ollut aluksi sekaisin kivuista ja sitten kipulääkityksestä. Vasta useamman päivän kuluttua hän oli pystynyt antamaan henkilötietonsa. Hänelle ei ollut tullut mieleenkään, että vanhempani olisivat vain lähteneet ja jättäneet minut yksin. Kun hän oli pystynyt ajattelemaan asiaa, hän oli olettanut, että joku naapuri tai muu tuttu oli tullut apuun.

Ainoa vara-avain oli mummolla, eikä naapurustossa kukaan tiennyt asiasta mitään. Asunnossamme oli ollut hiljaista, ja naapurit olivat olettaneet, että koko perhe oli poissa. Emme koskaan saaneet selville, kuka minua oli vanhempieni poissa ollessa hoitanut.

Isoäidin susitarina

Isoäitini on vanha ja asuu palvelutalossa. Käyn hänen luonaan suunnilleen kerran viikossa, tavallisesti tiistai-iltapäivisin, kun luennot loppuvat aikaisin. Usein katselimme vanhoja valiokuva-albumeita ja isoäiti kertoili muistojaan kuvissa esiintyvistä ihmisistä. Kerran hän kerto jotain aivan erilaista.

– Mieleeni tuli eräs vanha asia. En ole koskaan ennen puhunut tästä, mutta haluaisin kertoa sinulle oudon tapauksen, joka sattui nuoruudessani, hyvin kauan sitten. Jaksatko kuunnella?

– Jaksan toki, kerro.

– Tämä sattui monta vuotta ennen kuin menin naimisiin. Olin silloin pankissa töissä ja kesälomalla minä ja samanikäinen työtoverini Mari vuokrasimme kaukaa maaseudulta pariksi viikoksi mökin, jonne matkustimme junalla polkupyörät mukanamme. Olimme vuokranneet viikoksi mökin, josta käsin lähdimme aamuisin pyöräilemään ympäristöön. Lähdimme ajamaan maanteiden reunoja, mutta aina mahdollisuuden tullen poikkesimme pienemmille teille, välillä etenimme metsäpolkuja pitkin pyöriä taluttaen. Pysähtelimme välillä piirtämään käkkyräisiä puita, kiinnostavannäköisiä kiviä tai hylättyjä, romahtaneita mökkejä, joita sielläpäin kyllä riitti. Meillä oli mukana myös kasviopas, josta etsimme näkemiämme kasveja. Se oli hauskaa löytöretkeilyä. Tavallisesti olimme liikkeellä koko päivän ja palasimme vasta illalla mökkiin nukkumaan.

Sitten yhtenä päivänä kävi niin, että eksyimme ihan kerta kaikkiaan. Oli jo ilta. Me yritimme tutkia karttaa, mutta emme saaneet selkoa, missä olimme. Metsän reunassa oli pieni harmaa mökki, sen ikkunassa näytti olevan valoa. Päätimme mennä sinne kysymään tietä. Jätimme pyörät romahtaneen portin viereen ja kävelimme hoitamattoman pihan poikki koputtamaan ovelle. Oven avasi herttainen harmaa mummo, joka toivotti meidät lämpimästi tervetulleiksi. Ovi oli niin matala, että piti hiukan kumartua sisään mennessä. Tulimme vanhanaikaiseen tupaan, jossa oli valtava puuhella. Hellalla oli poriseva pata, josta tuli ihana ruoan tuoksu. Kerroimme eksyneemme ja kysyimme tietä. Vanha nainen laittoi mitään kysymättä meille lautaset pöytään, kauhoi padasta ruokaa ja käski syömään. Kova nälkä meillä jo olikin. Syödessämme nainen selitti, että läheiseltä mäeltä kyllä näkee kirkonkylään, mutta sieltä ei mene kunnollista tietä, vain polkuja, joita kannattaa kulkea päiväsaikaan. Hän kertoi, että varsinainen tie menee toiseen suuntaan ja kiertää aika paljon. Meidän kannattaisi jäädä yöksi ja jatkaa matkaa aamulla valoisaan aikaan.

No, mehän olimme retkeilemässä ja yöpyminen vieraassa pikku mökissä olisi hauska lisä retkimuistoihimme, joten suostuimme ilman muuta ja kiittelimme mummoa. Tämä näytti olevan mielissään vieraista ja kertoi lähtevänsä aamulla marjaan hyvin varhain, hän olisi ehkä jo poissa herätessämme. Hän kuitenkin jättäisi meille hellalle puurokattilan aamiaiseksi, voisimme siitä syödä ennen lähtöämme. Mummo näytti meille ulkorakennuksen, joka päädyssä oli ulkohuusi. Menimme sinne yhdessä ja toisen ollessa sisällä huutelimme oven läpi, miten hauskaa oli, että löysimme yösijaksi tällaisen paikan, joka oli jännittävän vanhanaikainen, melkein kuin museosta. Mari harrasti kaikenlaisia perinnetieteellisiä asioita ja hän selitti innoissaan nähneensä tuvassa vakan, joka oli jotenkin erityistä mallia, hän oli nähnyt samantapaisen Kansallismuseossa.

Sisään tullessamme näimme, että mummo oli tehnyt meille siskonpetin lattialle tulisijan viereen. Riisuimme päällimmäiset vaatteet ja pujahdimme peittojen alle. Mummo puuhaili jotain kauempana, mutta kun olimme makuulla, hän tuli luoksemme ja sanoi, että hän kertoisi meille mielellään erään vanhan tarinan, jos haluaisimme kuulla. Me olimme innoissamme ja asetuimme mahdollisimman mukavaan asentoon kuuntelemaan. Mummo istui penkille viereemme ja alkoi kertoa:

– Tämä tapahtui kauan sitten tässä aivan lähellä. Vauraassa Mäkimattilan talossa oli vahvaluontoinen emäntä, Helena nimeltään…

2.

Mäkimattilan Helena-emäntä oli jäänyt leskeksi jo melko nuorena. Isäntävainajan vanhemmat olivat silloin olleet vielä elossa, he olivat kuitenkin olleet jo niin iäkkäitä ja huonokuntoisiakin, että talon hallinta oli melkein alusta lähtien siirtynyt Helenan harteille. Hyvin Helena pitikin huolta talosta ja viidestä lapsestaan, miehensä vanhemmatkin hän hoiti hautaan saakka. Hän oli raha-asioissa tarkka ja muutenkin hänet tunnettiin tiukkana ja ylpeänä ihmisenä. Helena naitti hyvin tyttärensä. Toinen tyttäristä oli tosin ollut kiinnostunut erään pikkutalon suuren veljessarjan nuorimmaisesta, mutta loppujen lopuksi asiat järjestyivät niin hyvin, että tyttö pääsi naapurikylään suuren talon emännäksi, lapsettoman leskimiehen vaimoksi. Toinen tytär eli kotikylällä myös varsin varakkaan talon miniänä.

Helenan pojista kaksi vanhinta olivat myös naimisissa. He asuivat kotitalossa vaimoineen, kuten silloin oli tapana. Helena-emäntä oli itse huolella valinnut poikiensa puolisot lähitalojen tyttäristä, mutta piti silti miniänsä kovassa kurissa. Vanhemman pojan vaimo ei ollut saanut lapsia, mistä anoppi päivittäin tätä soimasi. Nuoremmalla pojalla oli kaksi lasta, tyttö ja poika, mutta silti anoppi ei ollut toiseenkaan miniäänsä kovin tyytyväinen. Talossa vain pojat söivät hyvin, vaikka varaa olisi kyllä ollut ruokkia koko väki kunnolla. Varsinkin miniät olivat toisinaan suorastaan nälässä. On kerrottu, että Helena-emännällä oli tapana ruokailun jälkeen mitata peukalollaan leivän reunasta ja laittaa sitten siihen kohtaan leipään merkki. Tällä tavoin hän näki heti, jos nälkäinen miniä oli käynyt salaa leipää leikkaamassa. Voit ja lihat emäntä piti tarkasti lukkojen takana.

Nuorin poika, Antti nimeltään, oli emännän suosikki. Kukaan kylän tytöistä ei ollut pojalle tarpeeksi hyvä. Kun emäntä kuuli, että poika seurusteli talon piikatytön Maijan kanssa, hän raivostui. Kyllähän talollisten pojat tuohon aikaan useinkin piikatyttöjä naurattelivat, mutta Antti alkoi puhua kihloihin menosta, eikä se kyllä miellyttänyt pojan äitiä lainkaan. Helena kiusasi Maijaa kaikin tavoin, antoi hänelle raskaimpia töitä ja moitti tyttöä aina, kun oli aihetta ja usein, vaikka ei olisi ollut aihettakaan. Pojalleen emäntä järjesti sellaisia tehtäviä, että tämä joutui olemaan poissa kotoa ja Maijan lähettyviltä. Nuorten rakkaus roihusi silti ja niin kävi, että Maija alkoi odottaa lasta.

Poikien isoäiti, Helenan anoppi, oli kuolinvuoteellaan jakanut korunsa pojanpojilleen. Vanhin oli saanut sormuksen, toinen medaljongin ja nuorin rintakorun. Vanhemmat pojat olivat näillä koruilla kihlanneet morsiamensa. Kun emäntä sai tietää, että Antti oli antanut Maijalle isoäidiltään saamansa rintakorun, hän vaati tytöltä korua takaisin. Kun Maija ei suostunut sitä antamaan, emäntä ajoi piikansa ulos talosta ja kuulutti kaikille, ettei hän voinut pitää kristillisessä talossaan tuollaista huonoa elämää viettävää naista. Maija lähti, mutta hyväksi työihmiseksi tunnettuna hän pääsi saman tien piiaksi naapurikylään suureen taloon, jonka emäntä oli kaukaista sukua Maijan jo edesmenneille vanhemmille. Maija teki työnsä hyvin ja hänet pidettiin talossa, vaikka nähtiin, miten hänen laitansa oli. Eräänä aamuna hän sitten viipyi navetassa hiukan tavallista kauemmin ja toi tupaan tulleessaan mukanaan huiviin käärityn vastasyntyneen.

Helenakin kuuli lapsesta, mutta hän sanoi vain ilkeästi, etteivät häntä kiinnosta huorien äpärät, jotka voivat olla peräisin ihan mistä tahansa. Hän suunnitteli innoissaan Antille vaimoa naapuritalon ainoasta tyttärestä, joka tosin oli aavistuksen verran yksinkertainen, mutta varmaan sitäkin taipuisampi ja toisi tullessaan mukavat myötäjäiset.

3.

Antti ei kuitenkaan ollut unohtanut Maijaa, vaikka hänen äitinsä ehkä niin kuvitteli. Kun Maijan poika kastettiin, Antti oli mukana pappilassa ja ilmoitti haluavansa, että hänet merkitään lapsen isäksi. Samalla nuoret ilmoittivat haluavansa ottaa kuulutukset avioliittoa varten. Helena-emäntä istui tavalliseen tapaansa tyytyväisenä hyvällä paikalla kirkossa sunnuntaijumalanpalveluksessa, kun pappi kuulutti hänen poikansa avioliittoon piikatytön kanssa. Helena oli ällistyneenä vähältä pudota penkistä ja kun hän kunnolla tajusi asian, hän suorastaan kihisi raivoa. Heti toimituksen päätyttyä Helena lähti kirkosta vauhdikkaasti pää pystyssä suomatta katsettakaan ympärilleen, erityisesti hän varoi edes vilkaisemasta kuulutusparia, joka istui käsi kädessä kirkon takaosassa. Kirkkokansan joukossa joku ihmetteli, kiiruhtiko emäntä valmistelemaan kuuliaiskahvitusta, mutta hänelle kerrottiin, että kuuliaiskahvit tarjoaa Maijan palveluspaikan isäntäväki. Kyllähän kaikki tiesivät, ettei Maija ollut Helena-emännälle lainkaan mieluinen miniä. Yleisesti oltiin kuitenkin sitä mieltä, että parin naimisiinmeno oli kannatettava asia, kun kerran lapsikin jo oli.

Helena oli niin tuohtunut, ettei hän pystynyt syömään eikä nukkumaan. Hän mietti miettimistään, mitä voisi tehdä ja lopulta hän teki päätöksensä. Lähistöllä asui metsän suojissa pienessä mökissä paikkakunnalla noitana tunnettu Tolmu-

Riitu. Helena lähti käymään noidan luona ja pyysi tältä ainetta, joka saa miehen unohtamaan sopimattoman vaimoehdokkaan. Noita kertoi, että hänellä on kyllä lemmenpilaustaikoja, mutta ne toimivat varmimmin, jos kysymyksessä on taioilla pantu lempi. Tällaiseen tapaukseenkin voisi löytyä jotain, mutta mistään sellaisesta ei varmaan enää ehdi olla apua, kun pari on jo kuulutettukin.

Helena oli pettynyt, mutta hän oli jo ajatellut asian valmiiksi. Kysymyksessä ei enää ollut pelkästään epämieluisan avioliiton estäminen, vaan koko hänen määräysvaltansa kyseenalaistaminen. Ellei lempeä keino onnistuisi, otettaisiin käyttöön raskaammat aseet. Helena pyysi Tolmu-Riitulta tehokasta myrkkyä. Noita oli kauhistunut, mutta oli lopulta uskovinaan, kun emäntä vakuutti myrkyttävänsä vain tuholaisia. Tolmu-Riitu antoi Helenalle pienen pussukan kehottaen suureen varovaisuuteen kertoen, että myrkky todellakin oli tappavaa ja sellaista, jolle ei ole olemassa vastamyrkkyä.

Helena-emäntä kiiruhti kotiinsa laatimaan suunnitelmia. Myrkky oli tietenkin tarkoitettu Maijalle, mutta miten hän saisi järjestettyä sopivan tilaisuuden antaa sitä tuolle röyhkeälle piikatytölle? Maija pysytteli naapurikylässä eikä Antti tuonut morsiantaan edes käymään kotitaloon, koska hänen äitinsä oli ilmoittanut tiukasti, ettei Maijalla ole taloon tulemista. Helena yritti juonia ja lähetti Antille viestin, että tämä voisi kuitenkin nyt tulla morsiamensa kanssa käymään ja keskustelemaan tulevaisuuden suunnitelmista. Hän toivotti maireasti, että ehkä vielä voitaisiin päästä jonkinlaiseen sopuun. Maija ei kuitenkaan ollut erityisen innokas tapaamaan tulevaa anoppiaan, joka oli loukannut ja panetellut häntä sekä kasvokkain että selän takana. Hän uskoi myös, että anopin "sopu" edellyttäisi, että avioliittoa ei solmittaisi. Maija siis ilmoitti, että juuri nyt on kiireitä, mutta he tulevat ehkä sitten häiden jälkeen tervehtimään ja lasta näyttämään.

Helena oli kiukuissaan ja myrkky jäi käyttämättä. Sen löysi myöhemmin yksi lapsenlapsista, mutta se on jo toinen tarina.

4.

Eräänä päivänä Antti kertoi äidilleen, että hänet vihitään Maijan kanssa seuraavana päivänä. Äiti kielsi poikaa siinä tapauksessa palaamasta kotiin, johon Antti ilmoitti, ettei se ollut tarkoituskaan. He olivat sopineet, että Antti menee rengiksi samaan taloon, jossa Maija oli piikana. He saisivat asua ja työskennellä siellä kunnes saisivat säästetyksi varat omaan mökkiin. Tämä oli ylpeälle emännälle liikaa. Hän ilmoitti, ettei hän ikinä salli oman poikansa menevän naimisiin piian kanssa ja ryhtymään rengiksi. Hän käski pojan harkita asiaa vielä yön aikana, sillä hän ei tosiaankaan antaisi tuollaisen kauhean asian tapahtua. Antti lähti ja ilmoitti mennessään, ettei äiti pystyisi mitenkään estämään heitä eikä muutenkaan vaikuttamaan heidän elämäänsä enää koskaan.

Emäntä oli raivoissaan. Hän lähti uudelleen Tolmu-Riitun luo ja neuvotteli noidan kanssa melkein koko yön. Lopulta sopimus tehtiin, ja emäntä palasi kotiinsa. Tolmu-Riitu lähti kirkonkylään. Kun morsiuspari muutaman ystävän kanssa tuli pappilaan, noita odotteli heitä ulko-ovella. Hän nauraa käkätti kertoessaan, että olisi viisainta luopua naimisiinmenosta, muuten tapahtuu jotakin sellaista, että on myöhäistä katua. Antti käski noidan painua matkoihinsa pelottelemasta ja kiusaamasta. Hän ohjasi morsiamensa sisään ja toiset seurasivat perässä, useimmat vielä noitaan epäluuloisesti vilkuillen.

Tolmu-Riitu odotti ulkona sillä aikaa, kun vihkiminen tapahtui. Kun vastavihitty pari tuli ulos pappilan portaille, noita huudahti jonkin oudon sanan ja heitti ilmaan harmaata jauhetta. Pappi ja todistajina olleet tuttavat näkivät kauhukseen, että pariskunta muuttui kahdeksi sudeksi ja juoksi metsään. Portaille jäi vain kirjava silkkihuivi, jonka Antti oli muutama päivä aikaisemmin ostanut morsiamelleen syysmarkkinoilta.

Tapahtumia puitiin tietenkin puoleen ja toiseen aina, kun ihmisiä osui yhteen. Silminnäkijät saivat kuvailla näkemäänsä kerta toisensa jälkeen. Tolmu-Riitu vakuutti, että oli ollut paikalla vain sattumalta ja sanonut varoittavat sanansa ennen vihkimistä, koska oli nähnyt paljon onnettomia avioliittoja. Jos hän oli jotain myöhemmin huutanut, sitä hän ei varmasti muistanut, mutta säikähdyksestä ehkä oli saattanutkin huutaa. Mutta hänellä ei tietenkään ollut mitään tekemistä tapahtuneen kanssa eikä hän osannut sitä selittää. Virallisesti Antti ja Maija todettiin tuntemattomasta syystä kadonneiksi eikä tapahtuneesta voitu syyttää ketään. Epävirallisesti Tolmu-Riitun maine pystyvänä noitana kasvoi lähes äärettömiin mittoihin.

5.

Vähitellen hämmästyttävä tapahtuma alkoi unohtua, kun monenlaista muuta tapahtui. Eräässä talossa kolme naimatonta piikaa sai lapsen peräkkäisinä päivinä ja supistiin, että talon isäntä olisi ollut joka kerta asialla. Isäntä myhäili tyytyväisenä, kun hänen mieskunnostaan puhuttiin, mutta kieltäytyi elatusmaksujen maksamisesta. Kerrottiin, että erään toisen talon isäntä kulki kuoltuaan kotonaan viikkokausia, kunnes talon renki oli uskaltautunut kysymään hänen asiaansa. Tällöin hän pyysi kertomaan pojalleen, että hän oli mitannut vajaalla mitalla myymäänsä viljaa ja että pojan pitäisi ottaa valepohja pois mitasta. Poika väittikin ottaneensa, tosin myöhemmin kävi ilmi, että hän olikin jatkanut samalla mitalla myymistä. Sitten oli vielä lukkarin vaimo, jonka olisi pitänyt naittaa omia tyttäriään, mutta joka karkasikin itse suntion pojan kanssa, joka oli häntä puolta nuorempi. Molemmat hehkuivat onnea niin että oikein pahaa teki katsoa, mutta onneksi hävytön pariskunta lähti pian pois koko paikkakunnalta.

Antin ja Maijan tapaus tuli ajankohtaiseksi lähes kymmenen vuotta myöhemmin, kun muutamat kylän miehistä nylkivät kaatamiaan susia. Yhden suden nahan alla, sydämen kohdalla, oli rintakoru, joka tunnistettiin Maijan käyttämäksi koruksi. Miehet kertoivat asiasta kotonaan, koru kiersi kädestä käteen ja vanhat tapahtumat muisteltiin taas esille. Kylällä käytiin keskustelua, pitäisikö sudenraato haudata hautausmaalle Maijan nimellä, mutta pappi kielsi sen ehdottomasti. Hän oli suorittanut vihkimisen, mutta hän ei oikeastaan ollut nähnyt muodonmuutosta, eikä hän uskonut sellaista todella tapahtuneen. Ylipäänsä hän ei uskonut, että sellaista voisikaan tapahtua. Rintakorua hän ei osannut selittää, mutta arveli, että asiaan olisi joku luonnollinen selitys, ehkä kysymyksessä olikin erehdys tai jopa jonkinlainen harhautus. Metsästäjät, jotka olivat suden nylkeneet, loukkaantuivat tällaisista ajatuksista. He olivat aluksi kannattaneet sudenraadon pilkkomista ravunsyöteiksi, mutta papin kommentin jälkeen he olivat vakuuttuneita, että tuo susi oli ollut ihminen ja tarvitsisi kristillisen hautauksen. Mutistiin jopa, että pappi pakotetaan suorittamaan hautausmenoja, ellei hän vapaaehtoisesti siihen suostu. Asiasta olisi saattanut nousta suurempikin riita, mutta sudenraato hävisi eräänä yönä salaperäisesti säilytyspaikastaan metsästäjien ladosta. Kun sen kohtalosta ei mitään selvyyttä saatu, riitakin kuivui kokoon.

Asia vaipui näennäisesti unohduksiin, mutta itsekseen monikin kyläläinen mietti Antin ja Maijan kohtaloa. Oliko nyljetty susi todellakin joskus ollut iloinen ja nauravainen Maija? Ja jos oli, oliko yksi susista ollut Antti? Entä oliko kolmas kaadettu susi myös ollut joskus ihmisenä? Myös Mäkimattilan Helena-emäntä oli kuullut tapahtuneesta. Kolmas susi tai Maijan kohtalo eivät häntä erityisesti kiinnostaneet, mutta poikaansa Anttia hän toisinaan mietti. Jos Maija oli kuollut, mutta Antti olisikin vielä elossa. Aikansa mietittyään hän kävi Tolmu-Riitun luona kysymässä, voisiko muodonmuutoksen jollakin tavalla purkaa. Pysyväksi se on tehty, sanoi Tolmu-Riitu, eikä suostunut enää puhumaan asiasta ja siihen sai emäntä tyytyä.

Talven mittaan kylällä kulki kiertolaisia, niin kuin siihen aikaan yleensä tapahtui. Mäkimattilan tupaan he eivät juuri pyrkineet, sillä yleisesti tiedettiin, ettei siitä talosta annettu mitään pyytäjille. Eräänä iltana ovella oli kuitenkin kaksi kiertolaisnaista muutaman lapsen kanssa yösijaa ja ruokapalaa kysymässä. Ovella ollut pikkupiika kysyi arasti emännältä, sopiiko pyytäjät päästää sisälle. Helena-emäntä oli jo komentamassa kulkijoita lähtemään, kun toinen naisista sanoi, että hän tietää aika paljon susista ja kertoo tietonsa maksuksi yösijasta ja ruoasta. Emäntä antoi naisille hiukan ruokaa ja lupasi yösijan, jos heillä on hänelle jotain hyödyllistä kerrottavaa. Kun naiset olivat syöneet ja syöttäneet lapset, he alkoivat puhua sudeksi muutetuista ihmisistä. He olivat kuulleet monia tapauksia ja nähneet itsekin sellaisia susia, jotka olivat olleet aikaisemmin ihmisiä mutta jotka noita oli muuttanut susiksi. Naiset olivat kuulleet myös tapauksista, joissa sudeksi oli muutettu määräajaksi ja ajan umpeuduttua susi oli muuttunut taas takaisin ihmiseksi. Eräälle sudesta ihmiseksi muuttuneelle oli tosin jäänyt häntä jäljelle. Helena kyseli, voisiko sudeksi noidutun ihmisen muuttaa vielä takaisin ihmiseksi ja olisiko muuttaminen vaikeakin konsti. Ei ole vaikeaa, sanoi nainen, mutta täytyy olla rohkea. Jos suden antaa tulla luokseen ja kutsuu sitä sen ihmisnimellä, muutos voi alkaa purkautua. Varminta on vielä antaa sudelle syötäväksi leipää. Ihmisen puhe, oma nimi ja ihmisten valmistama kypsennetty ruoka saavat suden muuttumaan ihmiseksi jälleen, jos se on joskus ihmisenä ollut, naiset vakuuttivat. Helena oli niin tyytyväinen tietoihin, että vastoin aikomuksiaan antoi naisille luvan yöpyä lapsineen ulkorakennuksessa, kunhan lähtisivät heti aamulla eivätkä levittäisi tietoa yöpymispaikastaan.

Siitä lähtien vanha nainen on odottanut, että kohtaisi poikansa sutena ja voisi muuttaa tämän takaisin ihmiseksi.

6.

Lopetettuaan mummo ei jäänyt odottamaan kommenttejamme tai kysymyksiämme, vaan nousi penkiltä ja käveli pois sanaa sanomatta, toinen huone oli kai hänen makuukamarinsa. Katselimme Marin kanssa toisiimme suurin silmin, tarina oli tehnyt meihin molempiin vaikutuksen. Se oli kummankin mielessä niin elävänä, ettei siitä edes oikein voinut vielä puhua. Lopulta Mari kääntyi selin minuun sen merkiksi, että aikoi nukahtaa. Minäkin käännyin ja katselin kuunvalossa selvästi erottuvaa tuvan sisustusta, joka todellakin oli kuin museosta. Pöydän takana näkyi jakkara, jonka istuimessa oli leveä lovi melkein keskelle saakka. Ajattelin unisesti, että pitäisi aamulla kysyä Marilta, mahtoiko tuollainen istuinmalli olla jotenkin tälle seudulle tyypillinen.

Aamulla meitä odotti hellalla lämmin puurokattila, mutta mummoa ei näkynyt. Pukeuduimme ja kokosimme vuodevaatteita lattialta jutellen niitä näitä. Kun Mari laski sylillisen peitteitä penkille, se romahti kokoon. Katsoessamme sitä tarkemmin huomasimme, että penkki oli vanhuuttaan ihan laho. Kumma, ettei se hajonnut, kun mummo istui siinä illalla jutellessaan. Minua nauratti, mutta Mari alkoi yhtäkkiä hoputtaa minua lähtemään. Hän oli niin hermostunut, ettemme jääneet edes syömään puuroa, vaan kokosimme nopeasti tavaramme ja lähdimme melkein juoksujalkaa. Jonkinlainen hätä taisi tarttua minuunkin. Portilta otimme pyörämme ja lähdimme rivakasti etenemään heinikkoista mäenrinnettä ylös. Vasta mäen päällä pysähdyimme. Aurinko paistoi, ja elämä tuntui taas ihanalta. Metsän takana parin kolmen kilometrin päässä erottui tosiaankin kirkontorni, kuten mummo oli sanonut. Mari sanoi, ettei hän tiedä, mistä johtui, mutta hänelle oli mökissä yhtäkkiä tullut jonkinlainen pakokauhu. Ehkä se johtui siitä, että mökki oli niin vanhanaikainen, ihan kuin olisimme olleet jossain toisessa ajassa. Hänestä oli äkkiä tuntunut, että nyt pitäisi päästä nopeasti pois. Hän naurahteli vähän hämillään ja minä myöntelin. Paikassa oli tosiaan ollut jotenkin outo tuntu.

Ennen kuin lähdimme ruohottunutta polkua alas kohti kirkonkylää, katselin ympärilleni. Mäen päällä oli joskus ollut talo, ehkä aika suurikin, vaikka enää ei ollut jäljellä kuin osia asuin- ja ulkorakennusten perustuksista. Kivien keskellä kasvoi niin isoja puita, että talo oli selvästi ollut raunioina jo pitkään. Käännyin katsomaan tulosuuntaamme ja yritin erottaa rakennuksen, jossa olimme olleet yötä, mutta en nähnyt muuta kuin kokoonromahtaneen harmaan mökin jäännökset. Ulkorakennuksen jäänteitä ei olisi erottanut, ellei olisi tiennyt… Niin mitä? Lähdimme nopeasti kohti kirkonkylää. Polku oli niin umpeenkasvanut, ettei pyörillä voinut ajaa, mutta etenimme silti melkein juoksuvauhtia. Jostain syystä meistä kumpikaan ei halunnut pysähtyä katselemaan alueen kasvikantaa tai piirtämään matkalla nähtyä saniaisten peittämää rauniokasaa, joka oli ehkä joskus ollut pieni mökki. Kirkonkylässä pääsimme maantielle, josta oli helppo ajaa retkimökillemme. Meillä olisi ollut vielä kaksi yötä jäljellä, mutta edes sen kummemmin asiasta keskustelematta kokosimme tavaramme ja pyöräilimme asemalle, josta pääsimme junaan. Matkallakaan emme juuri jutelleet, kumpikin mietti omiaan.

Kaupunkiin päästyämme erosimme, huutelimme hei hei ja nähdään taas, mutta oikeastaan emme ole sen jälkeen tainneet tavata. Se on itse asiassa kummallista, sillä olimme tosi hyvät ystävät ja teimme aikanaan paljon kaikenlaista yhdessä. Joskus ajattelin sitä mökkiä ja vanhaa mummoa ja mietin, että kävisin paikalla uudestaan, ihan vain katsomassa. En ole kuitenkaan koskaan tullut etsineeksi paikkaa kartalta ja loppujen lopuksi en ole varma, haluanko edes tietää…

Tanssiva tyttö

Tämä tapahtui eräänä juhannuksena hyvin kauan sitten. Olin vasta saanut ajokortin ja ostanut käytetyn auton. Mieli teki ajella, joten päähäni pälkähti, että lähtisin juhannustansseihin eräälle pikkupaikkakunnalle lähes sadan kilometrin päähän kotoani. En tuntenut seutua hyvin, mutta olin lapsena muutaman kerran vieraillut siellä vanhempieni kanssa joidenkin pikkuserkkujen tai muiden kaukaisten sukulaisten luona, ja paikkakunnan nimi herätti mukavia lapsuusmuistoja. Autoilu juhannustansseihin sopi minulle hyvin, kun en aikonut nauttia miestä väkevämpää enkä edes tanssia; tarkoitus oli vain katsella siellä menoa jonkin aikaa ja ajaa yöllä takaisin.

Ajelin tyytyväisenä etuikkuna auki, kyynärpää ikkunalla. Ilmavirta antoi mukavan mielikuvan vauhdista, vaikka eipä lasissa tainnut olla kuin kuusikymppiä. Mukana oli pari äidin laittamaa voileipää, joita pysähdyin matkalla syömään. Kovin vanhanaikaista, eikö vain? Silloin ei ollut joka huoltoasemalla kauppoja ja baareja. No, pääsin perille ja kirkonkylällä näin pari tyttöä, joilta kysyin tanssipaikan sijaintia. Tytöt kikattivat ja kertoivat itsekin olevansa matkalla kokolle. He alkoivat neuvoa tietä, mutta herrasmiehenä tarjosin reteästi tytöille kyydin. Minullahan oli auto! Tytöt neuvottelivat hetken supisten, mutta tulivat sitten kyytiin. He neuvoivat tien, tanssipaikka ei ollut kovin kaukana. Perillä tytöt kiittivät kauniisti kyydistä ja juoksivat tiehensä. Pari poikaa näkyi heitä odottelevan ja vaikutti siltä, että tytöt joutuivat selittelemään, miksi tulivat vieraan kyydissä.

Paikka oli kaunis, tanssilava oli rakennettu aivan järven rantaan ja rannassa oli tosiaan myös korkea kokko, jota parhaillaan sytyteltiin. Kiertelin hiljakseen alueella ja vaihdoin muutaman sanankin jonkun kanssa. Haitarinsoittaja oli jo aloittanut, mutta vain muutama pari pyöri lavalla, useimmat vielä kuljeskelivat, juttelivat ja katselivat kokon syttymistä. Tunsin oloni mukavaksi, illasta oli tulossa juuri sellainen kuin olin toivonutkin.

Paikalla oli useita soittajia, jotka vuorottelivat ja välillä soittivat jonkin kappaleen yhdessäkin. Kahdella miehellä oli haitari, mutta kolmannella oli viulu ja hän soittikin sitä ihmeen mukaansatempaavasti. Eräs vanhempi mies tuli juttelemaan kanssani ja kertoi tuntevansa viuluniekan. Tämä oli kuulemma näkiltä oppinut taitonsa. Naurahdin kai vähän, jolloin mies kertoi, että hän oli itse ollut paikalla juhannustansseissa kauan sitten, kun järvestä oli noussut vihertävän levän peitossa oleva mies, joka oli alkanut soittaa viulua rannalla. Nykyinen vanha viuluniekka oli silloin ollut nuori mies, ja hän oli alkanut soittaa näkin kanssa yhdessä, kuin kilpaa. Näkki se oli, mies sanoi. Se houkutteli toisen soittajan yhä lähemmäs ja yhtäkkiä se lakkasi soittamasta, tarttui kiinni jalkaan ja sukelsi. Mutta siinä oli seissyt pariskunta niin lähellä, että he olivat ehtineet tarttua kiinni soittajaan ja olivat onnistuneet vetämään tämän rantaan. Mies oli pelastunut, mutta häneltä oli mennyt puhekyky. Sanaakaan hän ei enää sen jälkeen pystynyt sanomaan, mutta viulunsoittajana hän on verraton ja käy soittamassa kaikissa tilaisuuksissa.

Jäin miettimään asiaa, kun mies lähti eteenpäin. Muistelin jossakin vanhassa sadussa kerrotun, että vedenhaltia voi opettaa soittamaan. Kiinnostavaa ja huvittavaa, että sellaisia tarinoita vielä kerrottiin. Tuskin tuo kertojakaan sentään ihan tosissaan oli, kokeili varmaan vain kaupunkilaisvieraan hyväuskoisuutta. Joka tapauksessa soittaja oli hyvä, suorastaan mukaansatempaavan etevä. Minunkin alkoi tehdä mieleni pyörähtää hiukan tanssilattialla. En ole mikään tanssimestari enkä oikeastaan juuri koskaan tanssi, mutta sen verran olin joutunut perusaskeleita opettelemaan, että ajattelin uskaltautua hakemaan jotakuta tyttöjoukosta yhdelle kierrokselle.

Lavan reunustalla seisoskeli tyttöjä pienissä ryhmissä ja pareittain. Tytöt juttelivat keskenään, mutta vilkuilivat salavihkaa heitä lähestyviä poikia. Olen aina ollut vähän ujonsorttinen ja ehkä siksi katseeni kiinnittyikin tyttöön, joka seisoi yksin ja hiukan muista erillään. Tytöllä oli pitkät, vaaleat letit ja vakava ilme, mutta hänen hymynsä oli herttainen, kun hän innokkaasti myöntyi tanssipyyntööni. Tytön nimi oli Ilona ja hänen kotinsa oli maalaistalo muutaman kilometrin päässä. Ilona tanssi kevyesti enkä minäkään ollut ihan kömpelö, itse asiassa tanssin paremmin kuin koskaan. Juttelimme niitä näitä ja kuinka ollakaan, tulimme tanssineeksi tanssin toisensa jälkeen.

Kun soittaja taas vaihtui, ehdotin lepotaukoa ja limonadia puhvetista, mutta Ilona sanoi, ettei hän kaivannut vielä taukoa vaan jäisi tanssimaan. Joku tummatukkainen hurmuri oli jo heti hänelle kumartamassa. Tunsin itseni vähän tyhmäksi juomapulloa jonottaessani, mutta viimeisen reippaan polkan jälkeen olin oikeasti kovin janoinen. Juotuani kävelin kokolle ja katselin sen roihuavia liekkejä jonkun aikaa. Miehet kuljeskelivat kokon ympärillä pienissä ryhmissä, joissa puhuttiin äänekkäästi ja pullot kiersivät kädestä käteen muka huomaamattomasti. Siellä täällä nojaili toisiinsa nuori pariskunta, joista jotkut vähitellen vetäytyivät pusikoihin viettämään kahdenkeskistä aikaa.

Ilta alkoi viilentyä ja kellokin oli jo yli puolenyön. Ajattelin lähteväni ajelemaan kohti kotia, mutta päätin käydä vielä tanssitavalla katsomassa, josko voisin vielä nähdä Ilonan ja kiittää häntä mukavasta tanssiseurasta ja ehkä jopa tarjota kyytiä kotiin. Näin Ilonan juttelevan jonkun vanhemman miehen kanssa. Juuri, kun huudettiin ilmoitus viimeisestä valssista, Ilona kääntyi jalkaa polkien pois miehen luota ja lähti melkein juoksujalkaa pois. Hän olisi kiiruhtanut ohitseni, mutta kutsuin häntä nimeltä ja kysyin, tanssisiko hän vielä viimeisen valssin kanssani. Hän suostui. Näin miehen, jonka kanssa Ilona oli jutellut, katselevan meitä pitkään, mutta en kysynyt Ilonalta mitään. Tanssimme kuin noiduttuina. Viulu lauloi ja me pyörimme kuin lentäen musiikin mukana.

Kun kappale loppui, katsoimme hetken toisiamme kuin puusta pudonneet. Sitten kysyin, aikoiko Ilona jäädä vielä katselemaan kokkoa, mutta hän sanoi ei, hän lähtisi heti. Sanoin, että olen autolla liikkeellä ja että antaisin hänelle mielelläni kyydin. Hän mietti hetken, mutta myöntyi sitten. Ulkona Ilona värisi ohuessa mekossaan ja annoin takkini hänen päälleen. Hän näytti suloiselta myös isossa miestentakissa. Autossa hän antoi ajo-ohjeet: ensin päätietä muutama kilometri kirkon ohi, sitten seuraavasta tienhaarasta oikeaan. Kun lähdin ajamaan, mietin, miten kysyisin, voisimmeko tavata joskus toistekin. Ennen kuin ehdin sanoa mitään, Ilona tokaisi melkein tylysti: ”Istutaan hiljaa koko matka. Ei puhuta mitään.” Nyökkäsin ja ajoin eteenpäin. En ole kovin puhelias, joten hiljaisuus ei haitannut minua. Ajattelin, että voisin kysyä mahdollisesta tapaamisesta, kun jättäisin hänet autosta.

Näin kirkon, jonka jälkeen piti tulla tiehaara, ja hiljensin hiukan vauhtia. Äkkiä Ilona huusi: ”Pysäytä tähän!” ja kaarsin auton tien reunaan arvellen, että tytölle tuli huono olo. Kun auto pysähtyi, käännyin huolestuneena katsomaan Ilonan vointia. Etupenkki vierelläni oli tyhjä. En ollut kuullut oven avaamista tai sulkemista enkä nähnyt Ilonaa tienpientareella. Kävelin kirkon kiviaidan viertä vähän matkaa kumpaankin suuntaan, mutta Ilonaa ei näkynyt missään. Huhuilin häntä, en tosin huutanut oikein kovaa, koska kello oli kuitenkin jo kaksi yöllä.

Menin takaisin autoon ja istuin hiljaa ratin takana jonkun aikaa. Yritin ymmärtää, mutta en pystynyt käsittämään, mitä oli tapahtunut. Lopulta lähdin ajamaan hiljaa eteenpäin, vaikka käteni tärisivät. Käännyin tiehaarasta, jonka Ilona oli sanonut johtavan kotiinsa. Tie päättyi maalaistalon pihalle, postilaatikossa oli Ilonan sukunimekseen kertoma nimi. En tiennyt mitä tehdä. Enhän voisi keskellä yötä mennä kenenkään ovelle koputtelemaan, mutta entä, jos Ilonalla oli joku hätä kuitenkin? Lopulta päätin jäädä pihalle ja päädyin nukkumaan auton takapenkille. Olin antanut takkini Ilonalle, mutta auton tavaratilassa oli huopa, jolla olin suojannut penkit kuljettaessani erään ystäväni koiraa pari viikkoa aikaisemmin. Käperryin niin pieneksi kuin pystyin ja vedin huovan päälleni. Yritin olla ajattelematta mitään ja viimein nukahdin.

Heräsin jäykkänä ja kylmissäni muutaman tunnin kuluttua. Kello oli melkein seitsemän, joten päätin uskaltautua sisälle. Koputin ja menin sisälle, mutta jäin seisomaan ovensuuhun. Keittiössä oli pariskunta, kahvi tuoksui. Kerroin, että oli eilen tanssittanut juhannuskokolla Ilona-nimistä tyttöä, joka sanoi asuvansa täällä ja että halusin varmistaa, että tyttö oli päässyt turvallisesti kotiin. Pariskunta vain tuijotti minua. Kun yritin aloittaa selostukseni uudelleen, nainen alkoi itkeä ja mies tuli uhkaavasti eteeni pakottaen minut perääntymään ovesta ulos. Hän läimäytti oven kiinni nenäni edestä jupisten hampaittensa välistä jotain sentapaista kuin: ”…tartte tulla tänne temppuilemaan…”

Oli ymmälläni. Odotin pihalla hetken, mutta kukaan ei tullut ulos. Lähdin hämmentyneenä kävelemään autolle. Ennen autoon istumista katselin vielä ympärilleni jonkinlaista selitystä kaivaten. Lopulta istuin autoon, käynnistin ja aioin ryhtyä kääntämään autoa, kun talon takaa juoksi auton luokse nuori tyttö. Luulin hetken tyttöä Ilonaksi, mutta hän joitakin vuosia nuorempi, vaikka hyvin samannäköinen. Pikkusisko?

– Ota kyytiin ja aja kauemmas ennen kuin vanhemmat huomaavat, sanoi tyttö. Kerron sulle Ilonasta.

Päästin tytön autoon ja lähdin ajamaan hitaasti poispäin. Kun päästiin pois näköetäisyydeltä, pysäytin auton ja jäin odottamaan, mitä tyttö kertoisi.

– Mä olen Minna ja Ilona on mun isosiskoni. Tai pitäis sanoi oli, koska se on kuollut, kuoli viime syksynä. Jäi auton alle ja kuoli heti. Äiti ja isä ei suostu sanomaan edes Ilonan nimeä, hänestä ei puhuta mitään.

– Ei voi olla kysymys samasta tytöstä. Minä tanssin tämän Ilonan kanssa eilen!

– Siitä en tiedä, mutta mun siskoni Ilona on kuollut. Voin viedä sut sen haudalle, ellet usko. Aja eteenpäin ja käänny kirkon suuntaan.

Tunsin itseni ääliöksi, mutta lähdin ajamaan eteenpäin ja pysäytin kirkon parkkipaikalle. Vieressäni istuva tyttö oli niin Ilonan näköinen, että hänen oli pakko olla Ilonan pikkusisko. Yritin keksiä mahdollisia selityksiä, mitta en keksinyt yhtään. Pilaa? Ehkä, mutta miksi?

– Tänne, sanoi Minna ja veti minut portista hautausmaalle.

– Tiedätkö, viime juhannuksena Ilona olisi kovin halunnut juhannustansseihin. Hän pyysi ja aneli, mutta isä kielsi. Isän mielestä tanssi on syntiä ja Ilona oli hänen mielestään muutenkin liian nuori. Ilona oli kiltti tyttö, ei hän lähtenyt tansseihin kun ei kerran saanut lupaa. Mutta hän sanoi, että seuraaviin juhannustansseihin hän kyllä menee eikä mikään voisi sitä estää. Sitten syksyllä hän kuitenkin jäi auton alle ja kuoli, ihan yhtäkkiä. Se oli kauheaa.

Minnan äänessä oli kyyneliä. Hän ohjasi minut eteenpäin kiviaidan viertä kunnes pysähtyi kiiltävän hautakiven viereen.

– Tässä, hän sanoi.

Hautakivessä luki Ilonan nimi, tekstin mukaan hän oli tosiaan kuollut edellisenä syksynä. Kivi oli kutakuinkin siinä kohdassa, jossa Ilona oli käskenyt pysähtyä ja hävinnyt autosta. Kiven päällä oli siististi taiteltuna minun pikkutakkini.

Olin ymmälläni, mutta otin takkini ja lähdimme autolle. Laittaessani takkia takapenkille olin tuntevinani häivähdyksen Ilonan kukkaistuoksusta. Minna halusi mennä kävellen kotiinsa, etteivät vanhemmat saisi vihiä hänen poissaolostaan. Minä lähdin ajamaan kotiinpäin. Mietiskelin koko matkan, mitä oli oikein tapahtunut ja miten se oli mahdollista. Yritin unohtaa, mutta en saanut Ilonaa mielestäni. Seuraavana juhannuksena kävin samassa tanssipaikassa, mutta ei siellä Ilonaa ollut, paljon muita kylläkin. Ilonasta en halunnut kysellä, mutta sen taitavan viulunsoittajan puuttumisesta kysyin eräältä isäntämieheltä. Hän kertoi, että vanha viuluniekka oli kuollut muutama viikko edellisen juhannuksen jälkeen. Häntä oli kaivattu soittajaksi johonkin, ja kun häntä ei ollut kuulunut, joku oli käynyt hänen mökillään ja löytänyt miehen kuolleena.

Kotimatkalla kävin Ilonan haudalla kuten sen jälkeen monina juhannuspäivinä vuosikymmenien ajan. Ehkä Ilona ei suorastaan ole ollut syynä siihen, että jäin vanhaksipojaksi, mutta koskaan en ole voinut unohtaa lettipäistä tyttöä, jonka hymy oli niin herttainen ja joka tanssi niin kevyesti.

Se aarteen kätkeköön

– ”Jaahah, seuraava on rouva Ylimäki. Mikäs hänen tilanteensa on?”

– ”Surullinen tapaus. Hän on ollut täällä melkein kaksikymmentä vuotta saatuaan aivoverenvuodon alle kuusikymppisenä.”

– ”Aika vahva lääkitys... Onko hän itsetuhoinen ja väkivaltainen?”

– ”Eihän hän nykyään reagoi juuri mihinkään, mutta silloin aluksi hiukan toivuttuaan hän vain huusi ja halusi takaisin kotiinsa. Yritti monta kertaa karata sängystä, vaikka jalat eivät kantaneet. Tohtori Matsson määräsi monenlaista lääkettä silloin, että saatiin rauhalliseksi... Hän oli sellainen vanhan kansan tohtori, uskoi lääkkeitten voimaan. Tohtori ei yleensä koskaan vähentänyt kenenkään lääkitystä, vaan määräsi aina uutta vanhan päälle...”

– ”Katsotaanpa, näissä lääkkeissä näyttää tosiaan olevan aika lailla sellaista, mitä jätetään nyt pois. Tällä lääkemäärällä ei ole ihmekään, ettei hän reagoi mihinkään. Nämä lääkkeet tässä voidaan jättää suoraan pois, ja laitan rastin näihin, joiden annokset puolitetaan kahdeksi viikoksi ja jätetään sitten kokonaan pois, ellei mitään erikoista tule. Tämän listan lääkkeet pidetään vielä toistaiseksi ja katsotaan niiden tarpeellisuutta myöhemmin. Saitteko muistiin? Tarvittaessa saa antaa miedon unilääkkeen, tällaisen lääkemäärän lopettaminen saattaa aiheuttaa aluksi nukahtamisvaikeuksia. Kukas sitten on seuraavana...”

**

– ”Kas rouva Ylimäki on hereillä! Mikä on vointi?”

– "Tuntuu hiukan tokkuraiselta, ihan kuin olisin nukkunut
vuosia… Kuulkaa hoitaja, minä olen kai sairaalassa; muiste-
len, että olin sairaana, mutta nyt olen kunnossa ja minun on
päästävä kotiin."

– "No, no. Eipäs täältä nyt ihan yhtäkkiä lähdetä. Eihän teitä
kukaan siellä kotona odota, eihän teillä ole omaisia elossa."

– "Ei ole omaisia, mutta siellä on muuta, vielä tärkeämpää!
Täytyy päästä pitämään huolta, etteivät vie!"

– "Tuskin siellä teidän mökissänne mitään sellaista on, mikä
ketään kiinnostaisi. Eivät edes nuorisoporukat ole viitsineet
siellä rötiskössä mellastaa, vaikka uusi tie menee ihan siitä
vierestä ohi."

– "Kyllä siellä on jotain, jotain hyvin arvokasta! Istukaa
tuohon hetkeksi, niin kerron. Sitten ymmärrätte, että minun
on päästävä kotiin mitä pikimmiten. Kuulkaa! Kaikki alkoi
oikeastaan silloin, kun isä kuoli…"

***

Isän ruumis oli kylmä ja jäykkä, kun äidin kanssa nostimme
sen vuoteesta riihestä haetuille paareille ja kannoimme ma-
kuukamarista tupaan. Äiti oli yli kahdeksankymmenen, minä
juuri viisikymmentä täyttänyt, mutta minä huohotin taakan
alla paljon äänekkäämmin. Kun olimme saaneet ruumiin
tupaan, äiti käski minun mennä soittamaan Petäisen Paavoa
arkuntekijäksi ja ilmoittamaan veljille ja pitäjän papille isän
kuolemasta. Hautajaiset pidettäisiin tulevana lauantaina.

– "Se on kovin pian", vastustelin. – "Emme ehdi valmistella
mitään. Tekeekö Paavo arkkuakaan niin nopeasti? Ja entä jos
papille ei sovi?"

Äiti totesi, että ehtisimme hyvin yhdessä päivässä leipoa pari
pullapitkoa ja kahta lajia pikkuleipiä ja Paavokin tekisi päi-
vässä kelvollisen arkun. – "Pojat tuskin tulevat paikalle,

muutama naapuri kahvitetaan täällä tuvassa. Ellei kirkkoherralle sovi, kappalainen ehtinee haudalle sen verran, mitä säädyllisyys edellyttää", äiti arveli. "Tauno ei olisi halunnut suuria hautajaisia ja hälinää".

Tiesin sen olevan totta. Isä oli aina kammonnut kaikenlaista "hälinää". Hän halusi olla rauhassa naapureilta ja kaikelta ylimääräiseltä kotona. Metsälle ja kalaankin hän lähti mieluiten yksin. Ehkä näin olisi parasta.

En ole useinkaan harmitellut, ettei isä ollut halunnut hankkia puhelinta. Harvoinhan sitä olisi tarvittu, eikä naapuriin ollut pellon poikki kuin sata metriä matkaa. Kysellessäni numerotiedustelusta vanhemman veljeni tietoja olisin kuitenkin toivonut voivani tehdä sen kotona, omassa rauhassa. Toki naapurin emäntä hätisti lapset ulos ja itsekin väisti kauemmas, että saisin puhua rauhassa. Tiesin kuitenkin, ettei hän mennyt niin kauas, että häneltä olisi mennyt mitään kiinnostavaa ohi korvien.

Veljeni olivat olleet kymmenen- ja kaksitoistavuotiaat minun syntyessäni. He kävivät silloin jo koulua, heillä oli kummallakin omat juttunsa ja tuttunsa. Kotona he touhusivat mieluummin yhdessä kuin raahasivat mukanaan pikkusiskoa. Kun minusta olisi ollut iloa leikkikaverina, veljet olivat jo kasvaneet sen iän ohi. Välini veljien kanssa jäivät siis etäisiksi. Nuorempi veljeni lähti nuorena ammattioppiin toiselle paikkakunnalle, valmistuttuaan hän sai sieltä töitä. Häneltä oli joskus tullut postissa hääkuva, joka nykyisin oli kehyksissä kirjahyllyssä, ja myöhemmin kuvia parista lapsesta, kesäisin kortteja autolla tehdyiltä lomamatkoilta. Viime vuosina yhteydenpito oli jäänyt joulukortteihin. Vanhempi veli oli mennyt naimisiin lähitalon tyttären kanssa, he olivat hoitaneet pientilaa kymmenisen vuotta yhdessä appivanhempien kanssa. Avioeron jälkeen veli oli lähtenyt, ehkä etelän suuriin kaupunkeihin, eikä hänestä ollut sen jälkeen kuultu.

En tiedä, minkä verran vanhempani olivat murehtineet veljieni lähtöä ja kaivanneet heiltä viestejä tai käyntejä. He eivät koskaan puhuneet asiasta. Jos minä nostin puheeksi jommankumman veljeni, vanhemmat olivat ohittaneet aiheen melko nopeasti arvellen aikuisen ihmisen pärjäävän ja todeten, että oman elämän eläminen oli tärkeämpää kuin yhteydenpito entiseen.

Sain asiani hoidetuksi puhelimessa. Tuntui oudolta kuulla veljien ääntä näin pitkän ajan jälkeen. Kuten äiti oli arvellutkin, kumpikaan ei pääsisi tulemaan. Pyysivät kertomaan osanottonsa äidille. Toinen veljistä kyseli varovasti, jaetaanko pesää isän jälkeen, mutta totesi itsekin heti äidin tietenkin jäävän mökkiin asumaan eikä muuta jakamista olisi.

Paavo lausui osanottonsa minullekin ja lupasi tehdä arkun. Kappalainen lupasi hoitaa ruumiinsiunaamisen. Kirkossa olisi samana päivänä vihkiminen, joten hän oli helpottunut kuulleessaan äidin toivovan lyhyttä seremoniaa haudalla. Morsiusparille olisi ollut ehkä ikävää nähdä arkkua kannettavan ulos ennen vihkimistä tai sisälle kirkkoon heti vihkimisen jälkeen.

Kotiin palatessani äiti istui hiljaa tuvassa isän ruumiin vierellä. Hän näytti rauhalliselta eikä itkenyt. – ”Isän on nyt hyvä olla”, nyyhkäisin. Äiti katsoi minua jotenkin kummeksuen, kun nyt yhtäkkiä aloin itkeä. Hän taputti minua olkapäälle ja sanoi: – ”Asiat menevät niin kuin ne menevät. Turha kovasti murehtia sellaista, mitä ei voi muuttaa.”

Pesimme äidin kanssa yhdessä isän ruumiin. Puimme hänelle ylle hänen parhaat vaatteensa kenkiä lukuunottamatta. Keräsin pihalta tuoksuvia kukkia arkkuun pantavaksi ja levitin niitä isän ympärille ja vähän hänen päälleenkin.

– ”Kai otat tuon pois?” kysyi äiti osoittaen isän kaulassa olevaa ohutta ketjua. Ketju pikku avaimineen oli roikkunut isän kaulalla niin kauan kuin muistin. Olin hypistellyt sitä jo pikku tyttönä isän sylissä istuessani.

– ”Isä piti sitä aina kaulassaan. Ehkä olisi väärin ottaa se nyt pois”, arvelin. – ”Annetaan hänen pitää se edelleen.”

– ”Mutta siinä on avain. Entä, jos löydät rasian tai arkun, johon avain sopisi, mutta se on laitettu hautaan? Et varmaan haluaisi vääntää rikki rasiaa, joka on ollut isällesi noin tärkeä?” vastusti äiti. – ”Kun avain on haudassa, et saa sitä enää takaisin.”

Tottahan se oli. Avain oli ollut isälle tärkeä, hänellä varmaan oli jossain lukittu laatikko, jossa oli hänelle tärkeitä papereita. Ehkä kirjeitä? Toisaalta en ehkä haluaisi urkkia hänen salaisuuksiaan lukemalla vanhoja kirjeitä tai muita papereita. Toisaalta, hmm, ehkä haluaisinkin, joskus. Jos pitäisin avaimen, voisin miettiä sitä myöhemmin, jos jokin rasia joskus ylipäänsä löytyisi. Jos taas jättäisin ketjun avaimineen isän kaulaan arkkuun, mahdollisesti löytyvän rasian lukko olisi murrettava.

Irrotin ketjun varovasti isän kaulalta, vaikka se tuntui minusta todella väärältä. Äiti ojensi kättään ottaakseen ketjun, mutta äkkinäisestä mielijohteesta pujotinkin sen omaan kaulaani. Äiti näytti hämmästyneeltä.

– ”Pidän sitä muistona”, sanoin. Äiti ei vastannut, nyökkäsi vain. Avain oli minulla kaulassa hautajaisissa, mutta kukaan ei tietenkään nähnyt sitä tiukasti kaulaan ulottuvan musta pukuni alta. Kappalainen pahoitteli, että hän ehtinyt tulla muistotilaisuuteen, mutta muutama naapuri tuli kahville. Isän serkku, jota en ollut tavannut kuin muutaman kerran, kävi hänkin vain haudalla. Hänellä oli kuitenkin oikein kukkakaupan sidottu hautajaiskimppu, kun naapureitten kukat olivat enimmäkseen omien pihojen kukkapenkeistä poimittuja. Mikäs, olihan keskellä kesää monenlaisia kukkia tarjolla.

Kauniisti kaikki kukat koristivat hautakumpua sen ajan, kun haudalla seisoimme, eikä muusta ollut väliäkään.

Hautajaisten jälkeisinä viikkoina aloiteltiin tavallista elämää ilman isää. Äiti ja minä hoidimme tavanomaiset työmme, mutta kumpikin pysähtyi välillä hämmentyneenä. Äiti alkoi siivota vinttiä ja heitti pois laatikkokaupalla sekalaista vanhaa roinaa, minä kuljeskelin päämäärättä pihalla ja lähimetsässä. Huomasin hypisteleväni avainta usein. En kuitenkaan pohtinut, mihin avain sopisi, vaan mietin vanhempieni elämää ja omaakin elämääni. Huomasin, ettei oikeastaan tiennyt vanhemmistani paljon mitään.

Tiesin isän suvun kotitalon naapuripitäjästä. Siellä oli nyt isäntänä isän serkku, sama mies, joka oli käynyt hautajaisissakin. Olin nähnyt hänet edellisen kerran isoäidin hautajaisissa. Yritin laskea, niin − isoäidin hautajaisista oli varmasti yli kaksikymmentä vuotta. Isoäiti oli asunut pienessä mökissä naapuripitäjässä. Olimme käyneet tervehtimässä isoäitiä harvoin, korkeintaan ehkä kerran tai kaksi vuodessa, joten hän ei koskaan ollut minulle läheinen. Kerran, kun olin ollut vielä alle kolmenkymmenen, isoäiti oli nimittänyt minua ilkeällä äänellä tyhmäksi vanhaksipiiaksi. Hän oli halunnut moittia sanoillaan isää, joka ei ollut edes saanut järjestettyä tytärtään naimisiin, mutta minä pahastuin. Tietenkin minä olin ja olen edelleen vanhapiika eikä minulla ollut ikinä ollut miesystävää. Teki silti kipeää, kun isoäiti mitätöi minut arvottomaksi vain siksi, ettei minulla ollut miestä. Sen jälkeen isä kävi isoäidin luona useimmiten yksin. Hän tosin joskus kysyi, haluanko tulla mukaan, mutta hyväksyi kiellon ilman muuta. Äitihän ei ollut käynyt isoäidin luona juuri koskaan, sillä isoäiti ei ollut pitänyt äidistä lainkaan ja oli myös osoittanut sen selvästi.

Isän sukulaisten kanssa välit eivät olleet koskaan olleet lämpimät. Isoäiti oli oikeastaan ollut aika epämiellyttävä ihminen, ja isoisääni en muista koskaan tavanneeni. Hän oli kai kuollut jo ennen syntymääni tai sitten olin ollut niin pieni, etten vain muistanut. Luullakseni isällä ei ollut sisaruksia, mutta kun ajattelin tarkemmin, en voinut olla siitäkään varma. Joitain tätejä, setiä ja serkkuja isällä oli ollut siellä kotitalossa, joitain heistä tunsin nimeltä. Olisiko tunnistanut, jos olisivat tulleet kylätiellä vastaan? Tuskin.

Yritin muistella, tuntisinko äidin sukulaisia, mutta mieleeni ei tullut ketään. Muistin äidin kerran maininneen kuin vahingossa, että hänellä oli ollut useita sisaria. Kun olin kysynyt lisää, hän ei ollut kertonut mitään, sanonut vain: – ”Mitäpä niistä vanhoista!” En tiennyt mistä äiti oli kotoisin tai miten ja missä vanhempani olivat tavanneet toisensa. Päätin, että kyselisin äidiltä illalla hänen suvustaan ja lapsuudestaan. Hän saisi tuntea, että olen hänestä kiinnostunut, ja ilta kuluisi rattoisasti.

Istuin portailla nauttimassa syksyn viimeisistä auringonsäteistä, kun kuulin äidin huutavan minua sisällä. Hän ei kuulostanut hätääntyneeltä, mutta hän kutsui minua ullakolle ja käski kiirehtiä. Hän ehti hoputtaa minua pariinkin kertaan kiivetessäni portaita ylös.

– ”Mikä hätänä?” kysyin.

– ”Ei mikään ole hätänä, mutta katso, mitä löysin! Tämä on se arkku!” Äiti näytti isokokoista puulaatikkoa, joka oli ullakon perällä ja oli ollut sekalaisten romukasojen alla. En oikein ymmärtänyt, mitä hän tarkoitti ja näytin varmaan melko ällistyneeltä.

– ”Tämä on se arkku!” Äiti toisti. – ”Tähän se avain sopii!”

Nyt tajusin. Laatikon reunassa oli lukko, ja äiti arveli, että isän säilyttämä pikku avain sopisi tuohon lukkoon. Minusta melko karkeatekoinen puinen laatikko ei näyttänyt siltä, että siihen kuuluisi siro pikku kulta-avain, mutta äiti oli innoissaan: – ”Avaa se! Avaa se!” hän hoki.

Minä epäröin. – "No ensinnäkin, avain ei ehkä sovi tähän. Toiseksi, kun en tiedä, mitä tämä laatikko sisältää, en haluaisi avata sitä suin päin. Täytyy miettiä, mitä tehdään, jos laatikossa on papereita, kirjeitä. Jos siellä on vaikka jotain, mitä isä ei haluaisi meidän näkevän."

– "Avaa se nyt heti" äiti sanoi. – "Olen odottanut niin kauan!"

– "Tiedätkö sinä, mitä tässä laatikossa on?" kysyin hämmästyneenä.

– "Tiedän, ja haluan, että avaat sen nyt heti."

Olin ymmälläni, mutta otin ketjun kaulastani ja työnsin avaimen lukkoon. Se todellakin sopi, ja lukko naksahti auki. Äiti hyppeli malttamattomana vieressä kuin pikkutyttö.

– "Avaa jo, avaa jo!"

Nostin laatikon kannen ylös. Laatikon sisällä oli valkoisia höyheniä. Siivet! Äiti tarttui niihin ja juoksi ulos. Hän ei todellakaan vaikuttanut kahdeksankymmenvuotiaalta pomppiessaan portaita alas. Kun pääsin pihalle, äiti oli poissa. Taivaalla lensi joutsen. Se teki kaarroksen kotimökkimme yllä ja lähti lentämään pois.

**

Olin ymmälläni. Lapsuuden satukirjassani oli ollut tarina joutsenneidosta, jonka siivet metsästäjä piilotti, mutta en ikinä olisi voinut kuvitella, että sellaista tapahtuisi oikeasti. Tiesin, että pitäisi ryhdistäytyä, mutta kesti jonkun aikaa, ennen kuin sain vedettyä muutaman kerran syvään henkeä. Päätin mennä keittämään kahvia. Eläisin ihan normaalisti. Äiti saattaisi tulla jo illalla takaisin, hupsahtaisi portaille ja nauraisi minun hämmästykselleni. Hän selittäisi kaiken. Tai ehkä hän olisikin sisällä ja minä hupsu olin kuvitellut kaikenlaista kummaa nähdessäni pihalla joutsenen.

Äiti ei ollut sisällä eikä hän palannut illalla. Seuraavien päivien aikana tein normaaleja askareitani, mutta huomasin vähän väliä tuijottavani taivaalle. Kun minulta muutama päivä myöhemmin kaupassa käydessäni kyseltiin, miten meillä menee, miten äiti jaksaa, mumisin vain "ihan hyvin, kiitos" tai "päivä kerrallaan mennään".

Olisin halunnut puhua jonkun kanssa, saada neuvoja ja tukea. Mutta minulla ei ollut ketään. Veljet eivät välittäneet tulla isän hautajaisiin, tuskinpa he tulisivat, jos kutsuisin heitä juttelemaan. Puhelimessa en voisi tällaiseen asiaan edes vihjata, tiesin naapurin olevan paitsi utelias, myös kärkäs juoruilemaan. Sitä paitsi – miksi veljet tietäisivät enemmän kuin minä? Olivathan he minua vanhempia, mutta tuskin heidänkään lapsuudessaan tällaisesta asiasta olisi puhuttu. Kirkkoherra tai kappalainen tuskin ottaisi minua todesta. He ehkä arvelisivat, että olen seonnut isän kuoltua. Ja kun äitiä ei löytyisi mistään, he ehkä kuvittelisivat, että olen seonnut niin pahasti, että olen tappanut hänet ja piilottanut ruumiin.

Päivät kuluivat, viikot, kesä vaihtui syksyksi. Yritin elää normaalisti, mutta joka päivä odotin äidin palaavan. Eräänä päivänä kuulin lintujen huutoja, iso parvi matkasi kohti etelää. En ole kovin hyvä tunnistamaan lintuja lennossa, mutta mielestäni parvessa oli hanhia ja joutsenia. Yksikään lintu ei poikennut parvesta edes tervehtimään, saati että olisi laskeutunut pihalle ja muuttunut äidikseni.

Mietin äitiä melkein jatkuvasti. Välillä olin varma, että olin kuvitellut koko siipiasian. Ehkä oli tapahtunut jotain muuta – ehkä jompikumpi veljistäni oli tullut yhtäkkiä paikalle ja kutsunut äidin mukaansa. Hän oli lähtenyt niin kiireellä, että oli unohtanut kertoa minulle. Mutta useimmiten muistin täydellisen ja tuskallisen selvästi, miten äiti oli siepannut siivet ja lähtenyt yläkerrasta melkein lentäen ulos ja hävinnyt sille tielleen.

Kävin kylällä harvakseltaan, kaupassa ja kirjastossa vain. Siellä sattumalta tapaamani naapurit ja tutut kyselivät välillä äidistä ja minä vastailin jotain ympäripyöreää. Kun sain kehotuksia tuoda äidin kanssa kahville, lupasin tulla sitten, kun äiti tahtoo lähteä. Kun joku poikkesi taloon, kerroin äidin olevan joko nukkumassa tai kävelyllä metsässä. Eipä meillä kovin moni käynyt, mutta tiesin, että ennen pitkää juorutädit alkaisivat ihmetellä, miksei äitiä koskaan näy. Niinpä parina talvisena päivänä laitoin päälleni äidin takin ja päähäni huivin, jota hän tavallisesti käytti, ja kävin hitaasti kävellen puuvajalla hakemassa ihan pienen sylillisen poltto-puita. Tähystelin tietysti ensin ikkunasta, että naapurin pihal-la näytti olevan liikettä. Että sieltä voisi joku ohimennen huomata "äidin" liikuskelevan pihalla. Minua nolotti tällai-nen temppuilu, mutta enhän voinut oikein äidin katoamista selittääkään.

Talvi toi yhä enemmän lunta ja piti minut entistä tiukemmin kotona ja sisällä. Kun ensimmäiset kevään merkit alkoivat näkyä, aloin miettiä, palaisiko myös äiti takaisin keväällä lintujen palatessa pohjoiseen. Järkeni sanoi "tuskin", mutta jokin minussa toivoi kuitenkin. Sitä paitsi, ellei äiti palaisi keväällä, minun pitäisi ennen pitkää myöntää itselleni ja muille, että hän todellakin on poissa.

**

Talvi oli tuntunut pitkältä, mutta kun kevät alkoi saapua, se tulikin nopeasti. Lumikinokset alenivat ihan silmissä, ja ensimmäiset kevätkukat työnsivät alkunsa esille lumisohjon keskelle. Pihalla oli pieni rinteensyrjä, jossa kukat kukkivat joka vuosi ensimmäisinä. Ilma tuoksui keväälle, kun siistin kukkien ympäriltä varovasti pois viimevuotisia lehtiä ja tal-ven aikana pudonneita risuja. Sivusilmällä näin liikettä met-sänreunassa. Jatkoin työtäni, sillä en halunnut säikyttää mahdollista hirveä tai peuraa, mutta yritin syrjäsilmällä näh-dä sen. Puiden alla ei ollutkaan peuraa, vaan kaksi ihmistä.

Toinen ojensi juuri selästään toiselle repun – ei, melkein näytti kuin se olisikin ollut jousi ja nuoliviini. Tavarat vastaanottanut vetäytyi taaksepäin puiden suojaan ja jäi sinne, mutta toinen lähti tulemaan minua kohti.

Tulija oli nuori mies, minun mittaiseni, ei kovin roteva, mutta jotenkin notkean ja voimakkaan näköinen. Hän näytti hiukan intiaanilta, tai ehkä se tuli mieleeni vain jousen mielikuvasta. Pitkä tumma tukka oli sitaistu taakse, vaaleanruskea takki oli ehkä mokkanahkaa. Miehen nenä oli aika iso ja hiukan kyömy, hänellä oli erikoiset sinisentummat silmät ja tiukka ilme. Hän oli jollakin kummallisella tavalla yhtä aikaa sekä erittäin puoleensavetävä että tavattoman pelottava.

– ”Kuulin, että Tauno Ylimäki on kuollut, ja tulin noutamaan sitä, mitä hän on vienyt”, sanoi mies. Hänellä oli hyvin miellyttävä ääni ja hän kuulosti kohteliaalta, vaikka sanoissa oli käskevä sävy.

– ”Mistä mahtaa olla kysymys? Mitä isäni on teiltä vienyt?” kysyin hämmästyneenä.

– ”Päästäkää minut sisälle etsimään”, käski mies.

– ”Jos päästän teidät sisälle, tuleeko myös tuo toinen tyyppi tänne tuolta metsänreunasta?” kysyin. Halusin oikeastaan voittaa aikaa ehtiäkseni miettimään, mistä voisi olla kysymys.

Mies vaikutti harmistuneelta eikä vastannut. Tajusin äkkiä, että edessäni seisova mies ei ollut ainakaan ihan tavallinen ihminen, jos ihminen lainkaan. Hän tuijotti hetken mietteliäänä eteensä ja kääntyi sitten tuijottamaan minua. Hänen silmänsä vaikuttivat hyvin kylmiltä. – ”Päästäkää minut sisälle nyt heti”, sanoi hän tiukasti. ”Lähdemme, kun olemme löytäneet etsimämme.”

– ”Haluan ensin tietää, mitä oikein etsitte”, sanoin. – ”En edes harkitse kutsumista kotiini, ellette vastaa kysymyksii-</p>

ni." Puhuessani muistelin kirjastosta lainaamiani tarinoita yliluonnollisista olennoista. – "Jos annan nyt luvan tulla sisälle, koskeeko se vain tätä kertaa vai annanko samalla luvan tulla kotiini milloin vain?"

Mies ei vastannut, tuijotti vain minua jotenkin kummasti, melkein kuin olisi yrittänyt hypnotisoida minua. Odotin hetken hämmästyneenä, sitten tein päätökseni:

– "Selvä, tehdään näin: minä menen sisälle ja etsin. Jos löydän jotain, joka todennäköisesti ei kuulu meille, annan sen sinulle, jos suostut vastaamaan muutamaan kysymykseen. Sinua ja kaveriasi en päästä sisälle nyt enkä myöhemmin. Voit tulla ylihuomenna kysymään, olenko löytänyt jotain."

Kävelin miehen ohi sisälle ja lukitsin oven perässäni. Tärisin. Mies oli kohottanut hiukan kättään kulkiessani ohi, ja hetken minusta oli tuntunut, että hän tarttuu minuun ja estää minua lähtemästä. En olisi voinut tehdä oikeastaan mitään, jos hän olisi pitänyt minusta kiinni ja lyönyt minua. Hän oli selvästi ollut todella vihainen ja minä, no, minähän en enää ollut mikään aivan nuori enkä ollut koskaan ollut kovin voimakas tai urheilullinen. Tappelussa miehen kanssa en pärjäisi hetkeäkään.

Kävin keittiössä juomassa pari lasillista vettä ja vedin muutaman kerran syvään henkeä. Sen jälkeen kurkistin ikkunasta ulos. Miestä ei näkynyt. Toivoin, että hän oli lähtenyt eikä piileskelisi missään lähettyvillä. Sitten lähdin ullakolle ensimmäisen kerran äidin lähdön jälkeen. En tiennyt, mitä etsin, mutta ensimmäiseksi tutkisin sen laatikon, jossa siivet olivat olleet.

**

Puinen arkku oli samassa paikassa kuin se oli ollut äidin lähtiessä, kansi oli loksahtanut kiinni ja avain oli lukossa. Avasin kannen. Arkussa oli hiukan silkkipaperia ja pari pikku höyhentä, ei muuta. Tutkin arkun perinpohjaisesti. Ravistelin papereita moneen kertaan ja tunnustelin seiniä ja pohjaa, mutta en löytänyt mitään.

Aloin etsiä muualta. Kolusin ullakolla laatikoita ja pussukoita. Tarkastin vanhempieni makuukamarin lipastonlaatikot ja sängynaluset. Tutkin kellarikomeroiden ylähyllyjä ja tunnustelin taulujen taustoja. Minulla ei ollut aavistustakaan, mitä etsin, oliko se iso vai pieni, paperilappu vai huonekalu. Mutta minä etsin ja etsin. Miehet palasivat joka aamu ja seisoivat pihalla tuijottamassa taloa. Joka aamu jouduin tunnustamaan, etten ollut löytänyt mitään. Vakuutin, että etsiminen olisi helpompaa, jos minulla olisi edes aavistus siitä, mitä etsin, mutta he eivät suostuneet kertomaan mitään. He vain lähtivät kerta kerralta vihaisempina ja palasivat synkkinä taas seuraavana aamuna.

Jatkoin etsimistä unissanikin. Näin unia, että löysin jotain, kaulanauhan, kirjan, aarrelippaan, jotain määrittelemättömiä asioita. Unessa aina tiesin, että tämä on nyt se, mitä olen etsinyt. Aamulla kiiruhdin turhaan katsomaan paikkoja, jossa unessa olin tehnyt löytöni. Eräänä yönä heräsin siihen, että seisoin vaatekaapin ovella tunnustelemassa vaatteiden taskuja. Ajattelin, että tulisin pian hulluksi, ellei jotain pian löytyisi. Menin takaisin sänkyyn ja näin unta, että pihalle laskeutui joutsen ja äiti tuli sisälle sanomaan, että talossa on jotain, joka suojelee minua ja kotia, ja kielsi antamasta sitä pois.

Kun miehet tulivat seuraavana aamuna, he uhkasivat sytyttää talon palamaan, ellei pian jotain löytyisi. Olin vihainen ja halusin heidän lähtevän. Huusin:

– ”Lähtekää, älkääkä tulko tänne enää koskaan! Ette saa täältä mitään, äiti kielsi antamasta sitä teille!” Miehet vaikuttivat hämmästyneiltä ja kuiskuttelivat keskenään. Lopulta toinen sanoi:

– "En tiedä, oletko löytänyt jotain, ehkä olet, ehkä et. Ehkä on oikein, ettet luovuta sitä meille. Me jätämme sinut nyt rauhaan, emme tule enää vaivaamaan sinua. Ehkä minun pitäisi ennen lähtöämme kuitenkin kertoa sinulle jotain sinun äidistäsi; on keino, jolla saat yhteyden häneen. Tule tänne niin kerron."

Olin innostunut ja unohdin varovaisuuden. Kiiruhdin ulos talosta miesten luo. Toinen mies ojensi kätensä ja kosketti otsaani. Silloin tunsin pääni sisällä kumisevan huudon 'anna se meille, anna se meille' ja tunsin hirveää kipua. Lyyhistyin maahan ja heräsin sitten sairaalassa.

***

– "Kuulitte nyt tarinani ja ymmärrätte, että minun on palattava kotiin niin pian kuin suinkin."

– "Olipa jännittävä kertomus, rouva Ylimäki. Teillähän onkin mielikuvitusta. Ja muuttolinnut ovat kyllä kiinnostavia."

– "Ei, hoitaja kiltti, kuuntelitteko te edes, tämä ei ole keksittyä, vaan totta! Ne miehet, ne *olennot* vaanivat siellä yrittävät löytää sen, mitä taloon on piilotettu! Minun *täytyy* päästä kotiin!"

– "Rauhoittukaa nyt, rouva kulta. Luulen, että voittekin päästä käymään mökissänne lähipäivinä. Meillä on täällä uusi vapaaehtoinen, joka mielellään ulkoiluttaa asukkaitamme. Hän lupasi nimenomaan työntää pyörätuolia tuolla keskustassa, jos joku haluaa käydä katselemassa tuttuja paikkoja. Hän on oikein komea nuori mies, oikein mukava, ja kovin kiinnostunut potilaista, aikoo kai alalle."

– "No tuskin hän on minusta kiinnostunut kuitenkaan, ehkä sairaskertomuksista."

– "Nyt muistankin, kyllä hän kysyi teitä ihan nimeltäkin kerran. Sanoi olevansa kaukaista sukua. Tosi komea mies, mustatukkainen ja kotkannenäinen, sellainen vähän intiaanin näköinen. Kun tulee seuraava oikein kaunis ja lämmin päivä, kysytään, josko hän viitsisi lähteä teidän kanssanne käymään siellä Ylimäen mökillä."

Sotamies ja kolme koiraa

Kun Selestanian ja Vallenan välinen sota oli loppunut, vapautui kummankin maan maanteille sadoittain sotamiehiä, joilla ei ollut työtä eikä paikkaa minne mennä. Laurentus oli yksi näistä miehistä, jotka vielä äsken olivat olleet ainakin jossain määrin merkityksellisiä, mutta nyt jääneet täysin tarpeettomiksi. Hän oli kuljeskellut kylästä toiseen työtä etsien ja yrittänyt venyttää armeijasta saamaansa niukkaa erorahaa mahdollisimman pitkälle.

Laurentus oli viettänyt Verhemän kylässä viikon verran tehden eri taloissa tilapäistyötä ruokapalkalla. Samassa tilanteessa olevia miehiä oli kylässä liikaakin, joten Laurentus päätti jatkaa matkaansa eteenpäin. Selässään lähes tyhjä reppu ja taskussaan vielä tyhjempi kukkaro hän lähti metsätietä pitkin kohti seuraavaa kylää.

Tovin verran metsätietä kuljettuaan Laurentus poikkesi tieltä luonnon kutsua seuraten. Etsiessään sopivan suojaista kohtaa hän kuuli kummallista uikutusta. Laurentus hoiti omat asiansa ja lähti sitten katsomaan, mistä ääni kuului. Hän näki noin metrinmittaisen eukon, joka oli juuttunut kaulastaan kahden notkean puunrungon väliin.

– Auta, auta, hyvä mies, vaikeroi eukko. – Ilkeät rosvot väänsivät puut erilleen ja työnsivät minut niiden väliin. He varastivat minulta korin, jossa oli kaikki omaisuuteni, ei paljon, mutta se oli kaikki, mitä minulla oli.

Laurentus väänsi rungot erilleen ja päästi eukon pinteestä. Tämä katsoa tihrusteli Laurentusta ja sanoi haluavansa palkita noin ystävällisen nuoren miehen. Hän tiesi paikan, jossa oli aarre. Sinne piti kuitenkin laskeutua köyttä pitkin eikä vanha nainen pystynyt sitä tekemään.

– Laskeudu sinä alas ja kerää rikkauksia reppusi täyteen, sanoi eukko. – Minä haluan vain pienen rasian, jonka unohdin sinne viimeksi käydessäni.

Laurentuksesta suunnitelma kuulosti oikein hyvältä. Hän lähti eukon mukaan ja kotvan kuluttua he saapuivat luolan suulle. Eukko johdatti Laurentuksen sisälle luolaan ja osoitti alas johtavaa aukkoa:

– Tuolla se aarre on. Minulla on täällä luolassa köysi, jonka olen sitonut suuren kiven ympärille. Sen avulla olen käynyt luolassa aina rahaa tarvitessani, mutta nyt jäseneni ovat niin kankeat, etten enää pysty kiipeämään köyttä pitkin.

– Näyttää kovin pimeältä, tuumi Laurentus, joka yritti kurkistella alas.

– Ei kai kelpo sotamies pimeää pelkää, arveli eukko ja veti esiin köyttä. – Eikä luola ole niin pimeä kuin tästä katsoen voisi luulla.

Laurentus tunnusteli köyden vahvuutta ja kiven ympäri kiinnitetyn solmun pitävyyttä ja alkoi laskeutua alas. Matka oli vähän pitempi kuin hän oli odottanut, mutta nopeasti ketterä mies pääsi alas. Hän katseli ympärilleen ja totesi, että luolassa oli hämärä, mutta ei pimeä. Minkäänlaista valonlähdettä hän ei pystynyt kuitenkaan erottamaan.

Kuten eukko oli luvannut, luolassa oli röykkiöittäin rahoja. Laurentus katseli ensin ympärilleen aivan ihastuneena, sitten hän alkoi katsella rahoja tarkemmin. Hämärässäkin näkyi, että suurin osa rahoista oli ikivanhoja ja käytöstä poistettuja kuparikolikoita, joilla ei ollut mitään arvoa. Laurentus tarkasteli hämähäkinseittien peittämiä kolikkokasoja pettyneenä. Niillä hänen ei kannattaisi täyttää reppuaan. Kourallisen kolikoita hän kuitenkin pisti taskuunsa muistoksi hetkestä, jolloin hän oli luullut rikastuvansa.

Laurentus kääntyi palatakseen, kun huomasi seinustalla pienen, kuluneen puurasian, jonka eukko oli sanonut haluavansa. Laurentus otti sen mukaansa ja palasi köyden luo. Kun hän kiipesi aukolle, eukko ojensi kättään, mutta ei auttaakseen Laurentusta ylös vaan ottaakseen rasian. Laurentus ojensi rasian ja samassa eukko irrotti köyden ja mies putosi alas. Laurentus ehti huudahtaa hätääntyneenä ennen kuin tajusi, ettei köyden irtoaminen ollut vahinko, vaan eukon oli ollut tarkoituskin jättää hänet kuoppaan.

Laurentus ei ollut mainittavasti satuttanut itseään pudotessaan, mutta se oli laiha lohtu, sillä hän oli ansassa. Ylös kiipeäminen ilman köyttä oli mahdotonta, sen Laurentus totesi muutaman yrityksen jälkeen. Luola oli syrjässä, tuskin kukaan osuisi huutoetäisyydelle päiväkausiin.

Laurentus istui luolan lattialle pohtimaan tilannettaan. Hän kaivoi esille piippunsa ja viimeiset, kauan säästetyt purut tupakkakukkarostaan. Nyt jos koskaan oli aika polttaa piipullinen, ehkä hänen elämänsä viimeinen. Laurentuksen aikeet keskeytti se ikävä havainto, että tulitikkulaatikko oli tyhjä. Hän päätti kokeilla, saisiko hän sytytetyksi piippunsa vanhanaikaisella tulusraudalla. Aikaa hänellä oli, sopihan sitä vaikka tuollaiseen kokeiluun käyttää.

Nyt ihmettelet ehkä, mistä Laurentus oli saanut tulusraudan. Kas näin se kävi: Huomattuaan kolikot arvottomiksi Laurentus oli kurkistanut eukon haluamaan rasiaan. Siellä ei ollut muuta kuin tuo tulusrauta kivineen. Ne Laurentus oli pistänyt taskuunsa ja laittanut tilalle pari isoa kolikkoa, jotka tekivät rasiasta suunnilleen samanpainoisen. Tämän hän oli tehnyt oikeastaan ihan ilkeyttään. Koska hän ei saanut sitä, mitä eukko lupasi, ei eukonkaan tarvinnut saada tuluksiaan.

Laurentus näpäytti rautaa kivellä kokeillen, saisiko aikaan kipinän. Kipinää ei syttynyt, mutta Laurentuksen eteen ilmestyi koira, joka kysyi ihan ihmisten kielellä, mitä hän halusi. Ällistynyt Laurentus aikoi ensin pyytää piippuunsa tulta, mutta hoksasi sitten, että kannattaisi toivoa itsensä ulos luolasta, ja jos toivomuksia saisi lisää, voisi pyytää tulta myöhemmin.

– Vie minut ulos täältä, määräsi Laurentus.

– En minä taida jaksaa sinua viedä, pyydä veljeni avuksi, sanoi koira.

– Miten minä sen teen, ihmetteli Laurentus.

– Kun lyöt rautaa kerran, tulen minä, kun lyöt kaksi kertaa, tulee keskimmäinen veljeni ja kun lyöt kolme kertaa, tulee vanhin veljeni, opasti koira ja hävisi.

Laurentus näpäytti rautaa kaksi kertaa ja hänen eteensä ilmestyi toinen koira, aika lailla ensimmäistä suurempi. Sen kysyttyä toivetta Laurentus pyysi päästä ulos luolasta. Koira käski Laurentuksen nousta selkäänsä ja samassa se hyppäsi ylös Laurentus mukanaan.

– Nämäpä vasta ovat oivalliset tulukset, tuumi Laurentus.

Laurentus lähti jatkamaan matkaansa kohti seuraavaa kylää, mutta matkalla hän kutsui pienimmän koiran useita kertoja ja kyseli siltä, voisiko hän kutsua koiria niin usein kuin halusi vai loppuisiko tuluksista joskus teho. Lisäksi hän halusi tietää, millaisiin asioihin koirat kykenivät. Koira kertoi, että Laurentus voi kutsua niitä aina halutessaan ja että ne tottelivat sitä, kenen hallussa tulukset olivat. Ne eivät osanneet taikoa rahaa tai ruokaa, mutta tavallisten koirantaitojen lisäksi pienin koira pystyi tarvittaessa hiipimään näkymättömänä aivan äänettömästi, keskimmäinen koira pystyi juoksemaan melkein tuulta nopeammin, ja suurin koira oli valtavan vahva. Laurentus mietiskeli koirien tarjoamia mahdollisuuksia ja sanoi pienimmälle koiralle:

– Luulen, että minun käy nyt hyvin, kun olen saanut teidät avukseni. En halua sanoa sinua vain koiraksi. Sopiiko, että annan sinulle nimeksi Musti?

– Sopii kyllä, Musti on aivan mainio nimi, vastasi koira.

Laurentus oli jo ehtinyt haaveilla itsensä kattavasta pöydästä, mutta ei ollut hassumpaa näinkään. Keskimmäinen koira, jolle Laurentus oli antanut nimeksi Peni, juoksi hänen pyynnöstään kiinni jäniksen, jonka Laurentus sitten paistoi retkeilijöiden nuotiolla. Kun nuotiolle pysähtyi pari nälkäistä kulkijaa, Laurentus antoi heillekin hiukan syötävää. Vaikka hänen asiansa olivat nyt ehkä menossa parempaan suuntaan, hän ei ollut unohtanut, millaista on kulkea miettien, mistä ja milloin saisi seuraavan kerran ruokaa.

Matkalla kylään Laurentus pohdiskeli, miten saisi elämänsä järjestettyä nyt, kun hänellä oli apunaan ihmeelliset koirat. Jollakin tavalla ne auttaisivat häntä kyllä, kunhan hän keksisi, miten. Puhuvien koirien esittelyn ja muutenkin kaikenlaiset koiranäytökset hän hylkäsi nopeasti. Varmaankaan ei olisi viisasta paljastaa, että koirissa oli jotain erikoista.

Kylään päästyään Laurentus kuljeskeli mietteissään torille. Hän katseli kaupantekoa, valikoimista ja tinkimistä. Ohimennen hän huomasi, miten hieno rouva sujautti hedelmän laukkuunsa maksamatta. Myyjäkin sen varmaan näki, muttei ollut huomaavinaan. Rouva tulisi ostoksille toisenkin kerran. Sen sijaan myyjä näytti pitävän tiukasti silmällä kahta katulasta, jotka vilkuilivat kaihoten myyntipöytien antimia samalla kun katselivat, olisiko maahan pudonnut jotain syötäväksi kelpaavaa. Äkkiä poika oli kompastuvinaan ja kiinnitti huudahduksella sekunniksi katseet itseensä samalla kun taaempana kulkenut tyttö nappasi myyjän huomaamatta pöydältä appelsiinin. Laurentus ei voinut kuin ihailla näppäryyttä, jolla lapset toimivat.

Äkkiä Laurentuksen käsivarteen tarttui joku huutaen täyttä kurkkua:

– Tämä mies varasti minulta tulukset, vanhalta naiselta! Pakottakaa hänet antamaan tulukseni takaisin! En voi valmistaa ruokaa ilman tuluksia!

Ihmisiä alkoi kerääntyä Laurentuksen ja eukon ympärille ja yksi jos toinenkin vaati Laurentusta luovuttamaan eukolle sen, mitä oli tältä varastanut.

– Annan tulukseni hänelle, jos hän pystyy iskemään niillä tulta, sanoi Laurentus.

Eukon silmät välähtivät ahneesti. Jos hän saisi tulukset hyppysiinsä, hän ei luovuttaisi niitä enää pois, se oli selvä.

Laurentus oli etsivinään tuluksia taskuistaan, mutta otti ne salaa käsiinsä.

– Katsokaa, hän huudahti ja osoitti kädellään. Kun ihmiset vilkaisivat sivuun, Laurentus näpäytti nopeasti tuluksia kolme kertaa. Suurin koira, Rekku, ilmestyi paikalle. Laurentus hyppäsi valtavan koiran selkään käskien sitä viedä hänet pois. Koira loikki ihmisjoukon läpi Laurentus selässään. Ihmiset väistyivät sen tieltä, jotkut kauhistuneina, jotkut ihmetellen tai nauraen. Moni luuli koko tapauksen olleen jonkinlainen ohjelmanumero. Raivostunut eukko jäi seisomaan torille tuijottaen pettyneenä Laurentuksen perään. Hän ymmärsi menettäneensä pelin. Laurentus ei luopuisi tuluksista, kun tunsi niitten salaisuuden.

Rekku kuljetti Laurentuksen turvallisen matkan päähän. Eukkoa sen paremmin kuin väkijoukkoa ei enää näkynyt, kun Laurentus nousi koiran selästä ja jatkoi matkaa jalan. Hän mietti, ettei jäisi kylään yhtään pitempään kuin olisi pakko. Niin kauan kuin eukko voisi nähdä hänet, eukko yrittäisi saada tulukset haltuunsa, sehän oli selvä. Jotenkin pitäisi päästä mahdollisimman kauan mahdollisimman nopeasti.

Koirat voisivat tietysti kuljettaa häntä, se nopeuttaisi matkaa hiukan, mutta koiralla ratsastava mies kiinnittäisi ihmisten huomion missä tahansa.

Päästyään sopivaan paikkaan, jossa ei ollut silminnäkijöitä, Laurentus kutsui Mustin paikalle ja kysyi koiralta neuvoa, miten hän pääsisi nopeasti kauas kylästä. Musti lupasi järjestää asian ja juoksi tiehensä. Hetken kuluttua se palasi paperilappu hampaissaan. Laurentus otti lapun. Hänen lukutaitonsa ei ollut kovin hyvä, mutta sen verran hän oli sotimisen välissä oppinut, että hän ymmärsi kädessään olevan matkalipun pääkaupunkiin menevään ilmalaivaan, joka lähtisi iltapäivällä.

– Mistä sinä tämän sait, ihmetteli Laurentus.

– Hiiviskelin matkustajaterminaalissa ja nappasin lipun, jonka matkustaja oli laskenut laukkunsa päälle, vastasi Musti.

Laurentus lähti jännittyneenä terminaalille. Hän ei ollut koskaan matkustanut ilmalaivalla, vaikka oli kerran tai kaksi sellaisen kaukaa nähnyt. Hän oli hiukan huolissaan, koska ei tiennyt, olisiko lipussa jonkinlainen koodi, josta näkyisi, kenelle lippu oikeasti kuului. Entä jos hänet pidätettäisiin lippuvarkaana? Hän mietti myös, millaisia ongelmia olisi sillä, joka oli menettänyt lippunsa. Hän alkoi olla niin hermostunut, että harkitsi jo terminaalista lähtemistä. Useita virkailijoita kulki ihmisten joukossa antamassa ohjeita, ja matkustajat lähtivät heidän viittaustensa mukaisesti kulkemaan ilmalaivan sisäänkäynneille. Laurentus katseli perhettä, johon kahden aikuisen lisäksi kuului viisi lasta. Muut lapsista näyttivät olevan matkasta innoissaan, mutta yksi kieltäytyi tulemasta koneeseen ja harasi vastaan kaikin voimin.

Laurentus hätkähti, kun joku kosketti hänen käsivarttaan.

– Saanko nähdä lippunne, pyysi virkailija, ja Laurentus ojensi lipun kädet vapisten. Hän odotti, että virkailija alkaisi huutaa jotain varastetusta lipusta, mutta tämä neuvoikin aivan ystävällisesti, missä oli lipussa mainittu sisäänkäynti B ja kysyi, oliko Laurentuksella ruumaan meneviä matkatavaroita.

– Ei ole, sanoi Laurentus.

– Hyvää matkaa sitten, sanoi virkailija. – Menkää vain heti laivaan, niin saatte mukavan istumapaikan, ellei teillä ole paikkalippua.

Laurentus kulki virkailijan osoittamasta sisäänkäynnistä ja asettui huokaisten istumaan ensimmäiseen vapaaseen paikkaan. Melko pian hän kiinnitti huomiota sisäänkäynniltä kuuluvaan meteliin.

– Meillä kaikilla on istumapaikkaliput näköalatilaan! Miksi olisimme ostaneet ne, ellei meillä kaikilla olisi ollut myös matkalippua? Yksi lippu on hukassa, selvä se, mutta älkää nyt olko noin pikkumainen!

Sisäänkäynnillä oleva seurue oli hienosti pukeutunut ja selvästi nauttinut terminaalibaarin antimia. Virkailija yritti selittää, ettei hänellä ollut lupa päästää sisälle ketään, jolla ei ollut lippua, jolloin joku seurueesta vaati suureen ääneen kutsumaan paikalle jonkun, jolla on edes hiukan päätäntävaltaa. Virkailijoita kertyi paikalle useampia ja alkoi vaikuttaa siltä, että koko seurue kuitenkin pääsisi matkaan, joten kadonnut matkalippu ei sittenkään aiheuttanut aivan ylipääsemättömiä ongelmia. Kun Laurentus vielä kuuli jonkun tiukkaavan, eikö virkailija todellakaan tiedä, kuka hän on, Laurentuksen omatunto lakkasi kokonaan vaivaamasta häntä ja hän keskittyi edessä olevaan matkaan.

Ilmalaivan matkustamossa näytti olevan paikat lähes sadalle ihmiselle. Suurin osa tuoleista oli jo käytössä, mutta matkustamon molemmin puolin sijoitetuista sisäänkäynneistä tuli vielä koko ajan lisää ihmisiä. Heistä osa suuntasi portaita ylös näköalatilaan, jonne piti olla erillinen paikkalippu. Laurentus ajatteli, että olisi ollut jännittävää istua ikkunallisessa tilassa ja katsella ulos ilmalaivan liikkuessa taivaalla, mutta hyvä näinkin. Rähjäisissä vaatteissaan hän ei olisi kovin hyvin kuitenkaan sopinut ykkösluokan matkustajien joukkoon. Ikkunattomassa matkustajatilassakin suurin osa ihmisistä oli selvästi pukeutunut parhaimpiinsa.

Aluksen runko alkoi täristä, ovia suljettiin ja käskyjä huudeltiin. Sitten virkailija kilisti pientä kelloa ja ilmoitti:

– Olemme nousseet ilmaan. Saavumme pääkaupunkiin huomisaamun aikana riippuen hiukan tuulista. Matkalippua näyttämällä saatte noutaa keittiöosastolta nyt illan aikana ruoan ja aamulla ennen laskeutumista on mahdollisuus saada vielä teetä. Tuolta tähdellä merkityn portaikon luota lähtevät opastetut kierrokset näköalakannelle. Muistutan vielä, että kaikenlaiset tulentekovälineet ovat ilmalaivalla kiellettyjä. Jos teillä on vahingossa jäänyt taskuun tulitikkuja tai sytyttimiä, pyydän tuomaan ne tänne minulle, laitan ne nimellänne varustettuun pussiin, jonka saatte aluksesta lähtiessänne. Toivotan kaikille miellyttävää matkaa!

Laurentusta kylmäsi ajatus, että hän joutuisi luovuttaman tulukset pois edes matkan ajaksi. Hän yritti keskittyä hengittämään rauhallisesti. Tulusrauta oli toisessa taskussa, kivi oli toisessa, tuskin kukaan hänen taskujaan rupeaisi tarkastamaan. Ja tunnistaisivatko virkailijat edes tulusrautaa tulentekovälineeksi? Eivät välttämättä. Eihän Laurentuskaan olisi varmaan asiaa tajunnut, ellei olisi lapsuudessaan nähnyt isoisänsä sytyttävän nuotiota tuluksilla.

Laurentus oli istunut paikallaan niin kauan, että sekä ruokailuun että näköalakierrokselle oli muodostunut jonoa. Hän käveli näköalajonon päähän ja huomasi jalkojensa vapisevan. Laurentus vakuutteli itselleen, ettei ollut mitään syytä paniikkiin. Nyt pitäisi vain nauttia matkasta.

Näköalakierrokselle otettiin kymmenkunta matkustajaa kerrallaan. Heidät kuljetettiin ensin portaita ylös ja sitten pitkin pitkää käytävää virkailijan kertoessa aluksen teknisistä tiedoista. Eräässä kulmauksessa oli kohta, josta näki alas ruokasaliin, jossa ykkösluokan matkustajat istuivat valkoisilla liinoilla peitettyjen pöytien ääressä. Jokainen sai vuorollaan kurkistaa tätä ihmettä. Sitten jatkettiin matkaa kohti tärkeintä nähtävyyttä: ikkunaa, josta näki ulos. Laurentuksen ryhmän tullessa paikalle edellisen ryhmän opastaja hätisti oman laumansa lähtemään eteenpäin.

Laurentus veti ällistyksestä henkeä. Alus oli ainakin kahdensadan metrin korkeudella maasta. Heidän alapuolellaan näkyi puiden latvoja ja muutama pikkuinen talo. Näky oli ihmeellinen. Laurentus ajatteli lintuja. Nekään eivät varmaan lentäneet ihan näin korkealla, mutta tämäntapainen oli kuitenkin se näkymä, josta ne saivat nauttia jatkuvasti. Ihmeellistä! Yksi seurueen naisista huohotti voivansa pahoin ja hänet autettiin istumaan tuolille seinustalle hiukan kauemmas ikkunasta. Virkailija näytti naiselle seinätelineeseen sijoitettuja paperipusseja, joita tämä voisi tarvittaessa käyttää.

Monen muun tavoin Laurentuskin olisi halunnut vielä jäädä ikkunan viereen seisomaan ja katseleman, mutta uuden ryhmän tulo pakotti edelliset lähtemään. Takaisin matkustamoon kuljettiin leveää käytävää, jossa oli ovia kumpaankin suuntaan. Opas kertoi, että toisella puolella oli pienempiä, ikkunattomia hyttejä ja toisella puolella muutama ikkunallinen luksussviitti. Joku kysyi halvimpien hyttien hintaa ja opas mainitsi sellaisen luvun, että useampikin ryhmästä haukkoi henkeään.

Laurentus palasi paikalleen istumaan. Mies hänen vieressään popsi puuroa pahvikupista ja sanoi:

– Mainiota, että on puuroa. Olen matkustanut ilmalaivalla aikaisemminkin. Silloin oli keittoa, ja osa matkustajista sai pelkkää lientä. Te ette varmaan ole aikaisemmin matkustanut ilmalaivalla, vai kuinka? Jos teille tulee ongelmia, kysykää vain minulta.

Laurentus kiitti ja jäi istumaan ajatuksiinsa. Hän lähti hakemaan ruokaa vasta, kun virkailija oli kelloa kilistäen kutsunut viimeiset ruokailijat hakemaan ruokansa ennen tarjoilun loppumista. Puuro oli maukasta, ja täysinäinen vatsa tuuditti Laurentuksen uneen. Hän heräsi vasta aamulla, kun alus oli jo laskeutumassa. Hänen vierusnaapurinsa ihmetteli moista kylmäverisyyttä, kun mies pystyi nukkuman kuin tukki, vaikka oli ilmalaivassa korkealla ilmassa.

Laurentus ei harmitellut sitä, että jäi ilman teetä. Hän oli innokas pääsemään ulos ja näkemään pääkaupungin ihmeitä. Hän kulki väkijoukon mukana ulos, mutta jonkun matkan päässä hän pysähtyi katsomaan taakseen. Nyt vasta Laurentus pystyi näkemään, miten valtava ilmalaiva oli. Sen runko näytti yhä peittävän koko taivaan, vaikka hän oli kävellyt jo sata metriä uloskäynniltä.

Myös pääkaupunki vaikutti aivan suunnattoman suurelta. Vieri viereen rakennetut erikokoiset talot jatkuivat joka suuntaan niin kauas kuin pystyi näkemään. Laurentus mietti, miten ihmeessä kaupungin asukkaat löysivät takaisin koteihinsa niistä kerran lähdettyään.

Hienosti pukeutunut herrasmies näytti tarkastelevan Laurentusta salavihkaa, ja hiukan epäröityään mies lähestyi Laurentusta kysyvä ilme kasvoillaan

– Anteeksi, mutta satutteko olemaan mestarisalapoliisi Auguste Holm-Perrot? mies kysyi.

– Tuota, en, vastasi Laurentus hämmentyneenä. Sitten hän sai ajatuksen ja jatkoi:

– Olen kuitenkin salapoliisi minäkin. Nimeni on Laurentus Vasara.

– Hienoa, tulettehan te sitten myös mukaani. Meillä on niin pulmallinen ongelma, että tarvitsemme kaiken avun. Toivottavasti kuitenkin myös Holm-Perrot löytyy. Hänen oli määrä tulla tällä vuorolla. Mutta voisiko hän olla tuolla?

Mies katsoi ilmalaivan suunnasta tulevaa kaksikkoa ja myös Laurentus kääntyi katsomaan. Parivaljakko näytti melko erikoiselta. Toinen miehistä oli pitkä ja laiha, hänellä oli kalju, munanmuotoinen pää ja suunnattomat, vahatut viikset. Hän oli pukeutunut ruudulliseen takkiin ja raidallisiin housuihin. Hän kantoi kädessään lääkärinlaukkua muistuttavaa laukkua. Toinen miehistä oli lyhyempi ja melko pyylevä. Hän oli pukeutunut tyylikkään konservatiivisesti solmiota myöten, mutta vaikutelmaa häiritsivät hänen ponnistuksesta punottavat kasvonsa. Hän raahasi kahta kookasta matkalaukkua, toisessa kainalossa hänellä oli vielä laskostettu matkahuopa ja toisessa viulukotelo.

– Sattuuko herroista jompikumpi olemaan salapoliisi Holm-Perrot? kysyi Laurentusta puhutellut mies.

Pitkä mies katseli pitkästyneen näköisenä sivuun, mutta lyhyempi vastasi:

– Kyllä, kyllä. Tässä on mestarisalapoliisi Auguste Holm-Perrot, ja minä olen hänen apulaisensa ja kumppaninsa Virgo.

– Mainiota! Minä olen poliisipäällikkö Turkelin ja tässä on salapoliisi Vasara. Minulla on tuolla automobiili odottamassa, lähdetään matkaan pääministerin asunnolle, kuulette siellä lisää.

Mestarisalapoliisi vaikutti tyytymättömältä ja Laurentus arveli, että tyytymättömyys saattoi liittyä hänen mukanaoloonsa. Tämä osoittautui todeksi, kun he saapuivat perille upeaan yksityistaloon, jossa heitä odotti kaksi arvokasta herraa, pääministeri Lemlander ja kansliapäällikkö Senkki sekä yksi tyylikäs daami, talousministeri Vileri.

– En ymmärrä, miksi täällä on paikalla joku epämääräinen salapoliisi-nimitystä käyttävä olento, kun olette jo kutsuneet paikalle minut, mestarisalapoliisin, sanoi Holm-Perrot venyttelevällä nenä-äänellä.

Tuli hetken hiljaisuus.

– Neljä silmää näkee paremmin kuin kaksi, ja kuusi silmää paremmin kuin neljä, sanoi Laurentus.

– Osuvasti sanottu! huudahti Lemlander, ja toiset nyökyttelivät.

– Haluaisitte varmaankin päästä lepäämään ja virkistäytymään matkan jälkeen, mutta tilanne on niin vakava, että halusimme kertoa teille pääkohdat tapauksesta heti, sanoi Vileri. – Voimme varmasti luottaa hienotunteisuuteenne tässä asiassa.

Kaikki neljä virkamiestä alkoivat selostaa mitä kummallisinta tapahtumavyyhteä käyttäen henkilöistä sellaisia nimityksiä kuin ”eräs erittäin korkeassa asemassa oleva henkilö” ja ”eräs naimisissa oleva lady” ja ”toistaiseksi tuntemattomat henkilöt”. Jotakin oli tapahtunut, tai ehkä ei varsinaisesti ollutkaan, mutta pahansuovat tahot voisivat kuvitella, että olisi, ja asioiden julkitulosta seuraisi, paitsi skandaali, myös diplomaattinen selkkaus.

– Siis luvaton suhde, aviorikos ja kiristystä, täsmensi Laurentus.

Kaikki neljä hyssyttivät kauhistuneena:

– Ei, ei, mitään sellaista ei ole mainittu. Äärimmäistä hienotunteisuutta vaaditaan.

Tästä Laurentus päätteli itsekseen, että jompikumpi keskeisesti asiaan sekaantunut henkilö kuului selvästi kuningashuoneeseen tai oli ainakin hyvin lähellä sitä. Holm-Perrot näytti mietteliäältä, mutta ei sanonut mitään.

– Pyydämme, ei vihjaustakaan minnekään, sanoi Lemlander tuskaisen näköisenä.

Sekä Laurentus että Holm-Perrot apulaisineen vakuuttivat noudattavansa hienotunteisuutta ja alkavansa heti selvittää asiaa. Laurentus ei tosin ollut aivan varma, mitä hänen odotettiin selvittävän.

Hienon ja runsaan illallisen jälkeen salapoliisit ohjattiin huoneistoihinsa, jonne heille luvattiin toimittaa, mitä he tutkimuksissaan tai muuten tarvitsisivat. Laurentus päätti ryhtyä heti salapoliisintyöhön. Ensimmäiseksi hän koputti toisten salapoliisien huoneen ovelle kysyäkseen, olivatko nämä ymmärtäneet selvitettävän ongelman laadun. Virgo avasi oven. Hän oli hämmästynyt:

– Eihän sillä ole merkitystä. Me vietämme täällä mukavaa elämää kuukauden tai kaksi, sitten mestarisalapoliisi joko kertoo ratkaisun tai ilmoittaa, ettei tapausta voi ratkaista.

Holm-Perrot itse tuli myös paikalle ja katsoi Laurentusta kylmästi ja korjasi toverinsa lausuntoa:

– Minä tutustun jonkin aikaa ilmapiiriin ja sitten pienet älynystyrät päässäni ratkaisevat jutun. Teille suosittelen, että te huvitatte itseänne miten voitte pari päivää. Sitten ilmoitatte, että juttu on teidän tasollenne aivan liian vaikea ja poistutte kaupungista.

Laurentus lupasi pitää neuvon mielessään ja lähti. Hän ei kuitenkaan mennyt omaan huoneeseensa vaan lähti tutustumaan taloon. Kirjastohuoneessa hän näki hovimestarin, joka pyyhki varovaisen huolellisesti pölyä jostakin laitteesta. Laurentus tuli lähemmäksi ja kysyi, mikä tuo kummallisen näköinen laite oli. Hovimestari esitteli ylpeänä:

– Tämä on fonografi, tieteen viimeistä huutoa. Katsokaa, tähän laitetaan vahalieriö, sitten kone käynnistetään ja puhuttu puhe tallentuu lieriölle niin, että sen voi kuunnella myöhemmin uudelleen, vaikka kuinka monta kertaa. Pääministeri, jonka talossa nyt asutte, on kovin innostunut fonografin mahdollisuuksista ja itse arvoisa kuninkaamme käyttää sitä jatkuvasti. Kerrotaan, että kuningas käynnistää joskus fonografin salavihkaa ja antaa sitten myöhemmin ministerien ja muiden kuulla omaa ääntään. Se on hänestä kovin hupaisaa.

Laurentus tarkasteli fonografia ja sen toimintaa kiinnostuneena. Hänen mielessään oli alkanut itää ajatus. Jos ministerien huoli koski kuningasperheen asioita, siihen saattoi liittyä kuninkaan fonografiharrastus. Matkalla omaan huoneeseensa hän törmäsi pääministeri Lemlanderiin. Laurentus päätti tarttua härkää sarvista ja kysyi:

– Onko siis kuningas äänittänyt fonografilla intiimin tapaamisensa korkean diplomaatinrouvan kanssa?

Pääministeri meni kalpeaksi.

– Ei ääneen, ei ääneen, hän kuiskasi. – Mutta niin se on, ja nyt on tuo kauhea vahalieriö kadoksissa.

– Mutta kukaan ei ole vaatinut rahaa äänitteestä, varmisti Laurentus.

– Ei ole, kuiskasi Lemlander.

– Missä kunin-- hmm, rakastavaiset tapasivat? Ehkäpä äänite on jäänyt sinne, ehdotti Laurentus. – Onko paikka tutkittu tarkkaan?

– Ei tietenkään, joku olisi voinut saada vihiä, kuiskasi pääministeri. Laurentus vaati tiukasti saada osoitteen, ja lopulta Lemlander melkein itkien kuiskasi hänelle kolme osoitetta. Laurentus lupasi tarkastaa talot äärimmäistä hienotunteisuutta käyttäen.

Laurentus jätti tuskaisen pääministerin ja meni ulos puutarhaan, jonka suojaisessa sopessa hän kutsui koirat paikalle. Hän selitti koirille tilanteen ja antoi niille tehtäväksi käydä tutkimassa paikat mahdollisimman huomaamattomasti. Jos vaharulla löytyisi, se pitäisi tuoda hänelle. Koirat lähtivät matkaan, ja Laurentus meni huoneeseensa. Puolen yön aikaan saapui Rekku, suurin koira, ja kertoi tarkastaneensa talon huolellisesti löytämättä fonografirullaa. Aamuyöllä saapui keskimmäinen koira, Peni, jolla oli sama viesti. Musti tuli vasta aamulla, juuri kun Laurentus oli lähdössä aamiaiselle. Mustilla oli mukanaan vaatekäärö. Kun Laurentus avasi mytyn, sen sisältä paljastui fonografin lieriö. Laurentus piilotti lieriön ja kertoi aamiaisella pääministerille ehkä ratkaisseensa jutun.

– Kutsun toiset paikalle iltapäiväksi, niin voitte kertoa kaiken, sanoi pääministeri.

Aamiaisen jälkeen Laurentus haki kirjastosta fonografin omaan huoneeseensa ja kuunteli Mustin tuoman lieriön, olihan hänen varmistettava, että se oli juuri kaivattu äänite. Äänen laatu ei ollut kovin hyvä, mutta muutaman kerran voihkaisujen lomassa toistetut nimet luultavasti riittäisivät skandaaliin.

Laurentus piilotti nopeasti sekä lieriön että fonografin, kun ovelle koputettiin. Hämmästynyt Laurentus sai kuulla Virgolta, että Holm-Perrot halusi keskustella hänen kanssaan luottamuksellisesti, mutta ei pääministerin talossa, vaan turvallisemmassa paikassa. Laurentus lähti Virgon mukaan ja tämä johdatti heidät laitakaupungille pieneen majataloon.

– Minä olen ottanut täältä huoneen, että voimme puhua rauhassa. Mennään yläkertaan, Holm-Perrot odottaa siellä.

Laurentus seurasi Virgoa yläkertaan ja pieneen huoneeseen, jossa oli pöytä ja neljä tuolia. Holm-Perrot istui yhdellä tuolilla ikävystyneen näköisenä.

– Mitä nyt sitten oikeastaan arvelette tapahtuneen? kysyi Holm-Perrot ivallisesti. Laurentus istuutui rauhallisesti pöydän ääreen ja kertoi, mitä oli saanut selville.

– Toden totta, noin sen on täytynyt tapahtua, myönsi Holm-Perrot hetken mietittyään. – Tehän olette todella nokkela pikku salapoliisi. Virgo, sido hänet tuoliin kiinni.

Laurentus oli hetken niin ällistynyt, ettei hän pystynyt tekemään mitään, mutta tilanteen tajuttuaan hän alkoi tapella kimppuunsa käynyttä Virgoa vastaan. Holm-Perrot joutui hetkeksi luopumaan ylhäisestä asenteestaan ja osallistumaan käsikähmään ennen kuin Laurentus saatiin sidotuksi. Oikoessaan hihojaan Holm-Perrot sähisi Laurentukselle:

– Minä olen mestarisalapoliisi, sinä et ole yhtään mikään. Nyt minä lähden kuninkaan kesäpalatsille ja kerron hänelle, miten minä olen ratkaissut ongelman. Minä nostan palkkion ja saan kunnian. Sinä pääset irti muutaman tunnin kuluttua, mutta et enää pysty saavuttamaan minua. Mainitsen kuninkaalle, että olet yrittänyt häiritä tutkimuksiani kaikin tavoin, joten hän tai kukaan muukaan ei usko sinua, jos myöhemmin yrität esittää jotain valheellisia syytöksiä. Tule, Virgo, otetaan ministeriön automobiili ja lähdetään!

Miehet kiiruhtivat tiehensä ja tuoliin sidottu Laurentus kuuli avaimen kiertyvän lukossa. Hänen kätensä oli onneksi sidottu etupuolelle, joten vähän aikaa rimpuiltuaan hän sai taskustaan esille tulusraudan ja pienen lisätempoilun jälkeen toisessa kädessä oli kivi. Näpäytys, ja Musti ilmestyi paikalle.

– Vapauta minut, käski Laurentus, ja koira puri saman tien köydet poikki. Laurentus mietti hetken ja kysyi Mustilta:

– Jaksaako Peni juosta kuninkaan kesäpalatsille saakka tuulen nopeudella?

– Jaksaa, vastasi Musti heti.

Laurentus mietti ensin kirjeen kirjoittamista, mutta hän arveli, ettei hänen vajanaisella kirjoitustaidollaan ehkä saisi kokoon sellaista viestiä, josta kuningas saisi selvää. Mutta olihan toinenkin vaihtoehto. Laurentus kiiruhti pääministerin asuntoon ja siellä kirjastohuoneeseen, josta otti mukaansa uuden vaharullan, fonografi oli edelleen hänen huoneessaan. Hän saneli fonografille koko tarinan, myös sen, että Holm-Perrot ja Virgo olivat sitoneet hänet tuoliin. Hän lupasi itse tulla kesäpalatsille niin pian kuin voi ja tuoda mukanaan ratkaisevan todistuskappaleen. Sitten hän pakkasi fonografin vahalieriön huolellisesti ja kirjoitti paketin päälle: "Salapoliisi Laurentus Vasaran selvitys eräästä arkaluontoisesta asiasta". Sitten hän kutsui Penin ja antoi paketin sen kuljetettavaksi. Laurentus vannotti, ettei pakettia saanut luovuttaa kenellekään muulle kuin kuninkaalle.

– Ymmärrän, vain kuninkaalle, sanoi Peni ja ampaisi tiehensä.

Tuulennopea Peni saapui kuninkaan luokse ennen kuin Holm-Perrot ja Virgo olivat lähelläkään. Kuningas luki tiedot paketin päältä. Hän arveli kysymyksessä olevan juuri se vaharulla, jota hän oli kaivannut, joten hän tuhosi rullan muitta mutkitta. Kun Holm-Perrot ja Virgo ehtivät paikalle, kuningas lähetti heidät saman tien pois ja ilmoitti, ettei heidän palveluksiaan enää tämän asian tiimoilta tarvittu.

Kun Laurentus saapui seuraavana päivänä paikalle, kuningas otti hänet vastaan tyytyväisenä, mutta salavihkaa. Hän sanoi toivovansa, ettei tästä asiasta puhuta enää sanaakaan. Kunin-

gas palkitsi Laurentuksen lahjoittamalla tälle yhden kaupun-
kitaloistaan sekä tuntuvan rahasumman. Laurentus puoles-
taan lupasi pysyä vaiti ja hävitti vaarallisen fonografirullan
heti ensimmäisen tilaisuuden tullen.

Nyt Laurentukselle alkoivat helpot päivät. Kuninkaan hänel-
le lahjoittama komea talo oli lämmin ja mukava, palkkiora-
hoilla säästäväinen mies eläisi kymmeniä vuosia. Uusissa,
hyvissä vaatteissa kaupungilla kulkevaa Laurentusta terveh-
dittiin arvostavasti ja hän oli tervetullut vieras varakkaiden
kaupunkilaisperheiden aamupäivä- iltapäivä- ja iltavas-
taanotoilla. Äidit alkoivat esitellä hänelle naimaikäisten tyt-
täriensä ansioita. Asiat olivat siis monin tavoin oikein hyvin.
Elämä ei kuitenkaan ollut aivan ongelmatonta. Kuukausi
kuukaudelta Holm-Perrot viha Laurentusta kohtaan kävi yhä
ilmeisemmäksi. Kun miehet osuivat samaan tilaisuuteen,
Holm-Perrot keksi aina monenlaista hienostunutta piikitte-
lyä, joka kohdistui Laurentukseen, vaikka Holm-Perrot oli
liian viisas mainitakseen koskaan nimiä. Laurentus ymmärsi
piikit hyvin, mutta oppimattomana miehenä hän ei oikein
osannut niihin vastata. Hänen yrityksensäkin olivat niin
kömpelöitä, että Holm-Perrot käänsi ne leikiten Laurentusta
itseään vastaan.

Sen lisäksi, että Laurentus tunsi olevansa jatkuvasti viha-
miehensä hampaissa, hän ei muutenkaan oikein tuntenut
viihtyvänsä pääkaupungissa. Kaupunki vaikutti toisaalta
suurelta ja meluisalta, toisaalta se oli itseensä käpertynyt ja
omahyväinen paikka. Laurentus ei oikein osannut sanoa,
toivoiko hän kodikseen jotain pienempää vai jotain suurem-
paa paikkaa, mutta tämä kaupunki ei ainakaan ollut hänen
unelmiensa maa.

Laurentus oli ottanut tavakseen kutsua koirat illalla nukku-
maan takan ääreen. Koiria tämä miellytti kovasti, koska ne
kertoivat, että heidän ulottuvuudessaan oli aina kylmää ja
pimeää. He torkkuivat siellä horroksessa odottaen ihmisen

kutsua. Laurentuksen kodissa asuminen oli koirille hyvin mieluista. Aamupäivisin ennen kaupungille lähtöään Laurentus jutteli koirien kanssa pohtien elämäänsä ja tulevaisuuttaan. Yhä useammin hän huokaili sitä, ettei pääkaupunki ollut hänen mieleisensä asuinpaikka. Eräänä aamuna Musti sanoi Laurentukselle:

– Mitäpä jos lähtisit tänään koiran kanssa kävelylle, niin näytän sinulle jotain, mistä saat uutta ajateltavaa.

Juuri uutta ajateltavaa Laurentus kaipasi, joten hän otti esille juuri tällaista tarkoitusta varten hankitun talutushihnan ja kaulapannan. Musti johdatteli Laurentusta kaupungin halki sellaiselle seudulle, jossa mies ei muistanut ennen käyneensä. Katujen varsilla ei ollut enää mahtailevia kivitaloja eikä sieviä kaupunkimökkejä, vaan korkeita teollisuushalleja, joiden pihoilla kohosivat suuret hiilikasat. Laurentus ihmetteli mielessään, minne he olivat oikein menossa, mutta hän ei kysynyt, koska Musti ei tietenkään olisi voinut vastata heidän kadulla kulkiessaan.

Musti johdatti Laurentuksen suuresta portista laajalle pihalle, jonka rakennukset muistuttivat hiukan ilmalaivan terminaalia. Lähemmäs mentyään Laurentus näki, että terminaalista oli tosiaan kysymys, mutta matkustusvälineenä ei ollut ilmalaiva, vaan kuuraketti.

– Onko todellakin siis mahdollista matkustaa kuuhun, ihmetteli Laurentus ääneen.

– Kyllä vain, sanoi terminaalin ulkopuolella tupakoiva mies. – Kuussa on toiminut maan ihmisten siirtokunta jo kolmisenkymmentä vuotta hyvässä sovussa kuun asukkaitten kanssa. Raketti lentää sinne täältä kerran kuukaudessa.

– Mutta kuuhan on ihan hirveän korkealla, hämmästeli Laurentus. – Ilmalaivatkin lentävät korkealla, mutta kuuhun on sieltä vielä kai melkoisesti matkaa.

– Kyllä, matka on pitkä. Moderni rakettiteknologia on kuitenkin mahdollistanut myös matkustajalennot kuuhun. Raketin yläosaan johdetaan höyryä, joka pumpataan tiiviiksi. Höyryhän tunnetusti nousee ylöspäin, ja sillä tavoin raketti pääsee kuuhun asti. Kun ryhdytään laskeutumaan, päästetään poistoputkien avulla höyryä ulos vähän kerrallaan, selitti mies.

Laurentus oli aivan ällistynyt kuulennon mahdollisuudesta ja myös siitä, että Musti oli johdattanut hänet tänne. Mahtoivatko koirat todella ajatella hänen muuttavan kuuhun, vai oliko kysymys vain sen osoittamisesta, että mahdollisuuksia oli?

– Matka kuuhun taitaa olla kallis? arveli Laurentus.

– Kyllä, kallista lystiä se on, vahvisti mies. – Tuolla sisällä toimistossa on hinnastoja, jos oikeasti kiinnostaa. Ja sen vihjeen annan, että jos kukkaro sallii, kannattaa ottaa makuupaikka. Matka kestää kuitenkin viikon verran.

Laurentus kiitti miestä neuvoista. Hän kävi hakemassa esitteen terminaalin toimistosta ja lähti mietteissään kohti kotia. Hän päätti jättää väliin leskikreivitär von Stepanin kirjallisen iltapäivän ja keskittyi esitteiden lukemiseen, laskelmien tekoon ja neuvotteluun koirien kanssa. Koirat olivat hyvin innostuneita lähtemään kuuhun ja ne vakuuttivat Laurentukselle, että häntä tulisi kaduttamaan, jos hän jättäisi tämän mahdollisuuden käyttämättä.

Niin sitten kävi, että Laurentus myi talonsa ja tavaransa, osti matkalipun ja lähti reppu selässään ja tulukset turvallisesti taskussaan matkaan kohti kuuta. Perille päästyään hän asettui ensin maan ihmisten siirtokuntaan, mutta se ei Laurentusta kovin pitkään viehättänyt. Hän lähti kiertämään kuuta koiriensa kanssa, oppi kuulaisten kielen ja tuli hyvin toimeen paikallisten kanssa. Laurentus vietti useiden vuosien ajan kohtuullisen miellyttävää kiertolaiselämää, kunnes kerran eräässä pikkukaupungissa hän kohtasi erityisen miellyttävän majatalonpitäjän. Sinertäväihoinen ja suurisilmäinen kuulainen hurmasi Laurentuksen ensitapaamisella ja muutaman yhteisen yön jälkeen Laurentus muutti pysyvästi majataloon. Laurentus halusi tehdä oman osansa majatalon menestyksen hyväksi ja päätti ryhtyä panemaan olutta. Hän ei ollut toimessa mikään mestari, mutta jonkinlaista kaljaa hän sai aikaan. Kuulaiset mieltyvät kovasti uudenlaiseen juomaan ja majatalossa riitti mukavasti asiakkaita. Välillä oli varaa palkata apulainen, että isäntäväki pääsi kahdenkeskiselle vapaalle. Laurentus ja hänen puolisonsa sekä kolme koiraa elelivät tyytyväisinä ja onnellisina vuosikymmeniä. Kun Laurentus lopulta pitkän elämänsä jälkeen kuoli, hänen puolisonsa ihmetteli hiukan, miksei koiria enää näkynyt. Laurentus ei ollut koskaan tullut kertoneeksi hänelle tulusten salaisuutta. Tulusrautaa kuulainen arveli puolisonsa matkamuistoksi maasta. Hän lahjoitti sen maalaisten museoon, jossa kukaan ei oikein tiennyt, mikä se oli. Esine pantiin kuitenkin näytteille vitriiniin, ja siellä se on vieläkin.

Tuhkimon kengät

Eräässä pienessä kylässä lähellä pientä kaupunkia asui aviopari viljellen pientä peltotilkkuaan. He olivat tyytyväisiä elämäänsä, ja vielä onnellisempia he olivat, kun perheeseen syntyi poika, joka sai nimekseen Hannu. Muita lapsia perheeseen ei tullut. Hannu kasvoi ja ryhtyi auttamaan vanhempiaan talon töissä. Aikanaan hänestä tuli aikuinen mies, mutta hän ei halunnut jättää iäkkäitä vanhempiaan, vaikka hän joskus hiukan kaipasikin pois rapistuvalta tilalta.

Ennen pitkää Hannun vanhemmat kuolivat. Hannu oli koko ikänsä työskennellyt maaseudulla vanhempiensa apuna, mutta nyt hänen oli etsittävä töitä kaupungista. Kaupunki ei ollut Hannulle vieras, hän oli käynyt myymässä torilla vanhempiensa tilan tuotteita ja käynyt hankkimassa mitä kotona oli tarvittu. Hannu oli hiljainen, mutta ei liian ujo, hän oli siisti, siivo ja hyväkäytöksinen. Hän sai apulaisen toimen pienessä rautakaupassa. Muutaman vuoden kuluttua kaupunkiin perustettiin suureen ketjuun kuuluvan kenkäkaupan sivumyymälä, ja Hannu siirrettiin sinne.

Työ kenkäkaupassa oli mukavaa ja helppoa. Liikkeessä kävi monenlaisia asiakkaita. Joku tiesi jo ovesta sisään tullessaan aivan täsmälleen, mitä halusi, toinen sovitteli liikkeen kaikki kävelykengät ennen kuin ymmärsi tarvitsevansa talvisaapikkaat. Hannu oli kärsivällinen ja tuli hyvin toimeen kaikkien kanssa. Kun ei ollut asiakkaita, hän järjesteli kenkiä esille hyllyille ja varastoon. Kengät tulivat keskusvarastolta. Tukevia, vahvoja kävelykenkiä, siistejä konstailemattomia pyhäkenkiä, kesäksi kevyitä muovisandaaleja, syksyksi värikkäitä kumisaappaita. Juuri sellaisia jalkineita, mitä pienessä maaseutukaupungissa tarvittiin ja ostettiin.

Mutta kerran varastolta tulleiden kenkien joukossa oli yhdet aivan erilaiset. Ne olivat muodoltaan sirot kuin koru ja niiden pinta kiilsi kuin lasi. Ihanat tanssikengät oli varmaan vahingossa lähetetty tällaiseen pikkukaupunkiin. Täällä ei kukaan tarvinnut tuollaisia kenkiä. Hannu oli vaikea saada niistä silmiään irti. Nuo kengät hän laittaisi esille. Hän asetti kengät siten, että jokainen liikkeeseen astuva pystyi ne näkemään, mutta sovitusta varten kengät piti erikseen pyytää ottamaan esille.

Hannu haaveili salaa, että eräänä päivänä liikkeeseen saapuisi ihana nainen, joka haluaisi sovittaa juuri noita kenkiä. Nainen ostaisi kengät ja Hannu pyytäisi häntä kahville. He juttelisivat ja huomaisivat ajattelevansa monista asioista samalla tavalla. Heillä olisi niin mukavaa, että he haluaisivat tavata uudelleen ja ennen pitkää… Hannu naurahti haaveilleen. Vaikka hänen elämänsä oli ihan mukavaa, hän kuitenkin toivoi löytävänsä joskus jonkun rinnalleen. Vielä ei vain sitä oikeaa ollut osunut kohdalle.

Monet asiakkaat ihailivat tanssikenkiä. Joku halusi sovittaakin, vaikka totesi heti, ettei tuollaisille kengille olisi oikeasti käyttöä. Lopulta pormestarin rouva ilmoitti ostavansa kengät, jos löytyisi numeroa suurempi koko. Hannu laittoi viestin keskusvarastolle, mutta sai vastauksen, ettei kyseisellä tuotenumerolla ollut varastossa mitään. He arvelivat, että kengät olivat ehkä vanhaa erää, jonka tuotanto jo loppunut, ja jäljellä olleet parit oli lähetetty satunnaisiin myymälöihin ympäri maata. Pormestarin rouva oli hiukan harmissaan, mutta osti sitten ne juhlakengät, joita hän oli alkujaankin ajatellut. Hannu oli salaa jopa hiukan mielissään, sillä hän haaveili edelleen unelmiensa naisesta, jonka valloittaisi tanssikenkien avulla.

Eräänä kevättalven päivänä liikkeeseen astui nuori nainen, jonka toisesta kengästä oli revennyt irti koko pohja. Vain pari piikkiä oli kengän reunassa jäljellä.

Tyttö näytti pidättelevän itkua. – Olen menossa pääsykokeisiin, hän sanoi. Kenkä hajosi, tällä ei voi kävellä. Minulla ei ole paljon rahaa mukana, mutta jos löytyisi jotain, mitä tahansa, että pääsisin koepaikalle saakka.

Hannu otti esille myymälän halvimpia kenkiä, mutta ne kaikki olivat liian kalliita. Lopulta löytyivät kankaiset kiinantossut. Niidenkin hinnasta jäi viisikymmentä senttiä uupumaan.

– Kuule, tehdään niin, että ostat nämä kengät ja menet pääsykokeisiin, sanoi Hannu. Minä maksan kassaan tuon puuttuvan viisikymmentä senttiä.

– Tuhannet kiitokset, huokaisi tyttö, vaihtoi kangaskengät jalkaansa ja lähti juoksemaan pitkin lumista katua.

Hannu katsoi tytön perään. Kankaiset kesäkengät eivät kauaa kestäisi, pian tytön jalat kastuisivat. Toivottavasti ehtii pääsykokeisiinsa, Hannu ajatteli itsekseen ryhtyessään järjestämään kenkiä takaisin hyllyihin. Kun kaikki oli siistiä, hän otti taas kerran tanssikengät esille ja pyyhki niistä huolellisesti pölyt. Hän kuvitteli mielessään sieviä jalkoja, joihin kengät sopisivat.

Talvi kului ja kevät eteni. Villasukkien verhoamat jalat vaihtuivat pitsisukkiin ja lopulta paljasvarpaisiin. Hannulla tosin oli aina valmiina sovitussukkia paljasjalkaisille asiakkaille, eihän voinut antaa kenenkään sovitella myytäviä kenkiä likaisiin jalkoihin. Syksyn jo lähestyessä pääsykokeisiin kenkiä ostanut nuori nainen tuli kenkäkauppaan, tällä kertaa jalassaan hyvät kävelykengät. Selvästikään nyt ei ollut hätäistä kenkientarvetta.

– Tulin kiittämään ja maksamaan velkani, sanoi neito. Kenkien ansiosta pääsin opiskelemaan ja opintoni alkavat ensi viikolla. Tässä on puuttumaan jäänyt raha. Ja kiitokseksi tarjoaisin mielelläni kahvit, jos sopii?

Hannu otti kolikon vastaan, mutta kieltäytyi kahvista. – Kiitos vain, mutta nyt en millään ennätä. Ehkä joku toinen kerta sitten.

Nainen näytti hiukan pettyneeltä, mutta lupasi poiketa kenkäkaupassa joskus toiste katsomassa olisiko silloin aikaa kahville.

– Voi, olisit nyt vain mennyt kahville, sanoi kenkäkaupan apulainen naisen lähdettyä. – Eihän tänään oikeasti mitään erityistä kiirettä ole.

Hannu mutisi jotain tilausten tarkastamisesta ja meni takahuoneen toimistokoppiin. Hän ihmetteli itsekin, miksi oli ilman muuta kieltäytynyt sievän nuoren naisen kahvikutsusta. Jonkin aikaa pohdittuaan hän tajusi, mistä se johtui. Tavallisesti kaikki naisasiakkaat lausuivat jonkin ihailevan sanan tanssikengistä tai ainakin vilkuilivat niitä ihastuneesti. Tuo nuori nainen oli käynyt liikkeessä kahdesti eikä ollut kiinnittänyt kenkiin mitään huomiota. No, ensimmäinen kerta oli ymmärrettävä, silloin oli ollut hätätilanne. Mutta toisellakaan kerralla hän ei osoittanut edes huomanneensa kenkiä. Se osoitti, ettei hän voinut olla millään tavoin kiinnostava ihminen. Tai siis tietysti voi olla kiinnostava jonkun toisen mielestä, mutta Hannun kanssa hän selvästikään ei ollut lainkaan samalla aallonpituudella.

Nuori nainen kävi uudistamassa kahvikutsun parin viikon päästä, mutta silloin Hannulla oli oikeasti melko kiire, sillä uusi lasti kenkiä oli juuri tullut ja piti tarkastaa, vastasiko se tilausta. Toisen kerran Hannu näki ikkunasta neidon lähestyvän, pujahti toimistoon ja käski apulaisen sanoa, ettei hän ollut nyt paikalla, jos joku sattuisi kysymään. Sen jälkeen naista ei näkynyt.

Vuodenajat vaihtuivat ja vuodet seurasivat toistaan. Hannu pyyhki huolellisesti pölyt tanssikengistä ja joka kerta uutta kenkäkuormaa purkaessaan hän mietti, miten ihmeellistä oli, että juuri nuo kengät olivat löytäneet tiensä juuri hänen kenkäkauppaansa. Hän odotti ja vähän pelkäsikin, että saapuneiden kenkien joukossa olisi joskus toiset, yhtä ainutlaatuiset kengät. Mutta oikeastaan se olisi mahdotonta. Noin ihania kenkiä ei voisi olla muita.

Sitten kerran kauppaan saapui sievä nuori nainen. Hän kertoi iloisesti, että oli useita vuosia sitten ostanut tästä kaupasta hädissään kengät, kun vanhat olivat hajonneet matkalla pääsykokeisiin. Hän oli päässyt opiskelemaan, valmistunut ja opiskellut lisää. Nyt olivat opinnot lopussa ja tiedossa olivat isot juhlat. Hän oli ajatellut, että olisi hauskaa ostaa juhlakengät samasta kaupasta, josta hän oli saanut kengät pääsykokeisiin.

– Minulla on kyllä mielessäni kengät, jollaiset haluan, mutta katsoisin mielelläni teidän valikoimaanne, sanoi nainen.

Hannu sävähti. Olisiko nyt sittenkin tanssikenkien tähtihetki? Hän otti kengät esille vapisevin käsin.

– Ei, ei, nauroi neito, mutta Hannu suorastaan aneli häntä ainakin sovittamaan. – Hyvä on sitten, sanoi nainen ja laittoi tanssikengät jalkaansa.

Ne sopivat täydellisesti! Neito nousi seisomaan ja teki muutaman pyörähdyksen. – Tuntuu, kuin olisin jossakin vanhassa historiallisessa näytelmässä, hän sanoi.

– Kuin prinsessa, huokaisi Hannu.

Nainen riisui kengät ja otti laukustaan esille lehden, joka oli taitettu auki kenkämainoksen kohdalta. Hannu värähti. Lehdessä mainostettiin erään suositun suunnittelijan moderneja kenkiä, jotka eivät Hannun mielestä olleet vähääkään kauniita, eivät todellakaan, vaikka tanssikenkiä ei otettaisi huomioon. Mutta neito näytti jo mainoksen yhtä kenkämallia: – Tällaiset haluaisin, sinisenä, te voitte varmaan tilata ne minulle?

Hannu ei saanut sanaa suustaan, mutta apulainen kurkotteli kaulaansa ja lupasi, että kyseiset kengät saataisiin muutamassa päivässä.

– Mutta entä nämä, nämä ovat täydelliset tanssikengät! Ostakaa nämä eikä tuollaisia, tuollaisia...

Nainen katsoi Hannua hämmästyneenä. – Ovathan tuo kengät sievät, noin museoesineinä, mutta ne ovat ehdottomasti liian vanhanaikaiset käytettäväksi eivätkä muutenkaan lainkaan minun makuuni. Liikaa mautonta krumeluuria, hän sanoi.

Hannu oli typertynyt. Hän seisoi ääneti kengät kädessään, kun apulainen otti tilauksen tiedot ylös ja hyvästeli asiakkaan. Vasta, kun apulainen oli puhutellut häntä kaksi kertaa, hän havahtui. – Khrmm, khrmm, hän rykäisi pari kertaa ja marssi reippain askelin toimistoon kengät edelleen mukanaan. Hän laski kengät eteensä pöydälle.

– Vanhanaikaiset, hän mutisi. – Mautonta krumeluuria.

Hän katseli kenkiä koko iltapäivän. Töistä lähtiessään hän ei laittanut tanssikenkiä esille, vaan vei ne varastohuoneen ylähyllylle. Siellä ne pölyttyivät vuosia, kunnes joku sattui ne löytämään juuri kun mietittiin, mitä eläkkeelle jäävälle myymäläpäällikölle annettaisiin lahjaksi.

– Nämä kengät olivat meillä esillä joskus silloin hänen uransa alkuaikoina, muisti myyjä, joka oli joskus ollut myymäläapulaisena. Kaikki olivat sitä mieltä, että tanssikengät sievässä lasilaatikossa olisivat hyvä lahja. Varmaan ne toisivat mukavia muistoja saajan mieleen.

Hannu ei ollut muistanut tanssikenkiä enää muutamaan vuoteen, joten hän oli hyvin yllättynyt lahjastaan. Kiittäessään hän lupasi katsella kenkiä joka päivä ja muistella asioita, joissa olisi voinut toimia toisin.

Pieni punalakkinen tyttö

Kerran erään aivan tavallisen laitakaupungin kerrostalon pihalle ilmestyi uusi tyttö. Hän tuli ulos B-rapun pihaovesta, käveli juuri silloin tyhjälle hiekkalaatikolle ja istui sen reunalle. Hän ei katsellut ympärilleen eikä puhunut mitään. Hänellä ei ollut mukanaan kirjaa eikä leluja, hän vain istui paikallaan liikkumatta. Parin tunnin kuluttua hän nousi ja käveli sisälle samasta B-rapun pihaovesta, josta oli tullut ulos. Sama toistui päivästä toiseen. Kun tytöltä kysyttiin hänen nimeään, hän vain irvisti ja joskus näytti kieltään. Useimmiten hänellä oli päässään nuhjaantunut punainen lippalakki, hiukan liian iso hänelle. Koska kukaan ei tiennyt tytön nimeä, kaikki nimittivät häntä vain punalakkiseksi tytöksi. Nimitys oli käytössä silloinkin, kun tytöllä jostain syystä ei ollut punaista lippalakkiaan.

Talon väki oli hiukan uteliasta, ja B-rapun uusi asukas oli puhelias, joten pian kaikki tiesivät, että tytön äiti oli kuollut ja isä mennyt uusiin naimisiin. Sitten tytön isäkin oli kuollut ja äitipuoli oli saanut lapsen riesakseen, niin hän kertoi. Hänellä oli ihana lapsi edellisestä avioliitosta ja suloinen pikkuvauva liitosta tytön isän kanssa. Ihan tarpeeksi on työtä näissä omissa, hän sanoi. Punalakkinen tyttö oli hänelle liikaa, ja hän toivoikin, että löytyisi joku sukulainen, joka huolisi tytön. Sekin selvisi, miksi tyttö tuli joka päivä ulos, vaikka ei leikkinyt eikä jutellut kenenkään kanssa. Äitipuoli halusi saada tytön vähäksi aikaa jaloistaan ja lähetti tämän pihalle leikkimään, vaikka kyllä hänkin näki, ettei tyttö siellä leikkinyt.

Eräänä päivänä tyttö istui taas hiekkalaatikon reunalla, kun joku laatikolla leikkivistä lapsista heitti hänen päälleen hiekkaa. Kun tyttö ei ollut huomaavinaan, toisetkin lapset alkoivat viskellä hiekkaa tytön päälle. Tyttö oli edelleen kuin ei olisi huomannut mitään. Silloin yksi pojista sieppasi lippalakin tytön päästä. Tyttö hyppäsi pojan kimppuun ja yritti saada lakkiaan. Poika piti lakkia tytön ulottumattomissa, mutta silloin tyttö suuttui, hän puri ja löi, kunnes sai lakkinsa. Pojan nenästä tuli verta.

– Virtasen täti soittaa poliisit, ne vievät sinut vankilaan, huusi yksi tytöistä. Punalakkinen tyttö puristi lippalakkia käsissään ja katsoi ympärillään seisovia lapsia. Sitten hän tuuppasi yhden tenavan nurin ja juoksi porttikäytävästä kadulle.

– Se karkasi maailmalle, sanoi joku lapsista vähän haikeana. Kaikki lapset tiesivät, että kun sadussa joku lähtee maailmalle etsimään onneaan, hän sen myös löytää.

Nenäverenvuoto oli lakannut ja joku ehdotti polttopalloa. Pekalla oli uusi, hyvä pallo, joten ehdotus hyväksyttiin heti. Illalla punalakkisen tytön äitipuoli kiersi naapureissa kyselemässä, minne tyttö oli mahtanut mennä. Joku kertoi, että lapset olivat leikillä ottaneet tytön lakin ja siitä tyttö oli suuttunut niin, että oli juossut tiehensä.

– No, kaipa se sieltä yöksi kotiin tulee, tuumi äitipuoli.

– Miksi se nyt niin suuttui, sehän oli leikkiä vain…, ihmetteli joku naapureista. Äitipuoli kertoi, että lakki oli ollut tytön isän. Muut vaatteet vietiin miehen kuoltua kierrätykseen, mutta lakkia ei tyttö antanut. Se taisi pitää sitä nukkuessaankin tyynyn alla, mokoma höppänä.

Mutta punalakkinen tyttö oli jo kaukana. Hän oli painanut lippalakkia rintaansa vasten ja juossut pitkin jalkakäytävää, kunnes oli tullut suuren puiston laitaan. Vasta siellä hän pysähtyi. Hän istuutui penkille ja mietti, mihin menisi. Joku ohikulkeva setä pysähtyi kysymään, oliko hän eksynyt, mutta hän pudisti päätään. Setä istui penkille hänen viereensä ja vakuutti, että hän auttaisi, jos tyttö oli eksynyt. Hetken tyttö mietti, mitä tapahtuisi, jos hän lähtisi sedän mukaan. Olisiko setä oikeasti kiltti? Pienellä punalakkisella tytöllä ei ollut hyviä kokemuksia aikuisista. Hänestä tuntui, että setä katseli häntä kummallisesti. Tyttö nousi penkiltä ja juoksi puiston toiselle laidalle. Siellä oli pieni lampi, ja lammella oli sorsia. Lammen rannalla oli ihmisiä, jotka katselivat ja ruokkivat sorsia. Tyttö kuljeskeli heidän joukossaan.

Illalla pikku tyttö piiloutui suuren pensaan alle. Hän oli väsynyt ja nukahti, mutta muutaman tunnin kuluttua hän heräsi viluun. Hän ryömi esille pensaasta ja katseli ympärilleen. Oli vielä hämärää, mutta aurinko oli jo nousemassa, taivaalla näkyi ohut kultainen viiru.

Tyttö kuuli kummallista töötötystä ja katsoessaan taivaalle hän näki joukon suuria lintuja, jotka lensivät yhdessä muodostelmassa. Tytön sydäntä puristi, pääsisipä hän lintujen mukaan.

Silloin yksi linnuista laskeutui alemmas, koukkasi tytön selkäänsä ja kohosi ilmaan. Se oli ihmeellistä! Vielä ihmeellisempää oli, että korkealle päästyään lintu pudotti tytön selästään. Punalakkinen tyttö levitti kätensä ja ne muuttuivat siiviksi. Hän kohosi korkeuksiin muiden lintujen mukana.